绿 宝 石
Fall into your light

少爷和我

SHAO YE HE WO

张 七◎改编

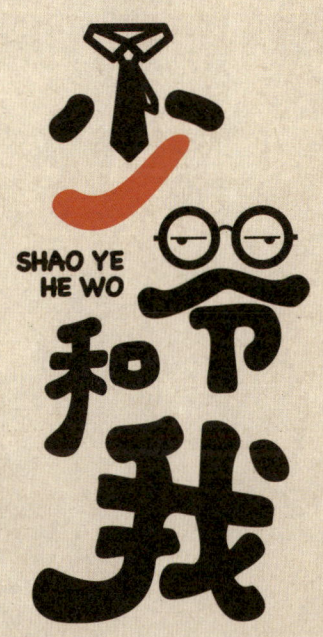

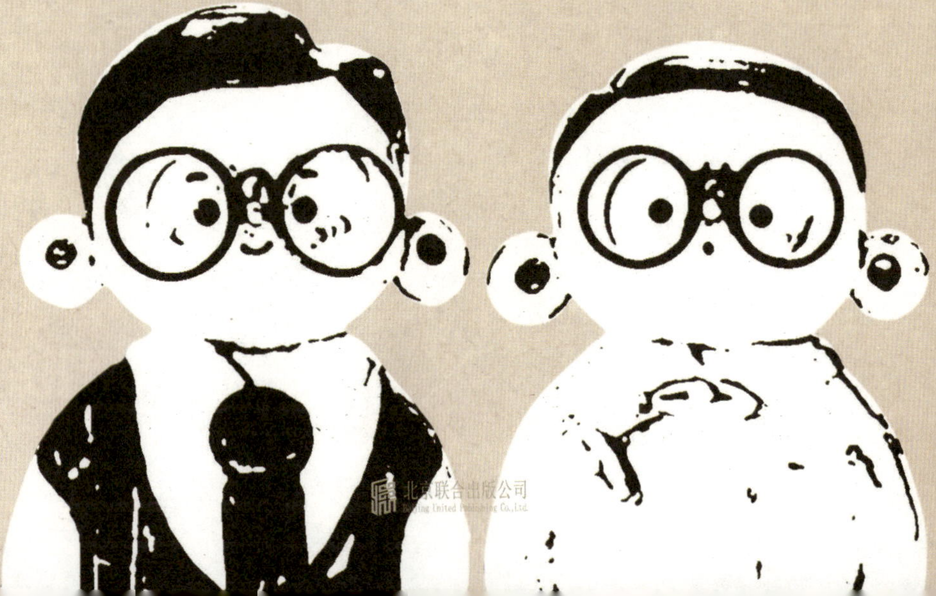

北京联合出版公司
Beijing United Publishing Co.,Ltd.

00:00:10

小爷和我
SHAO YE HE WO

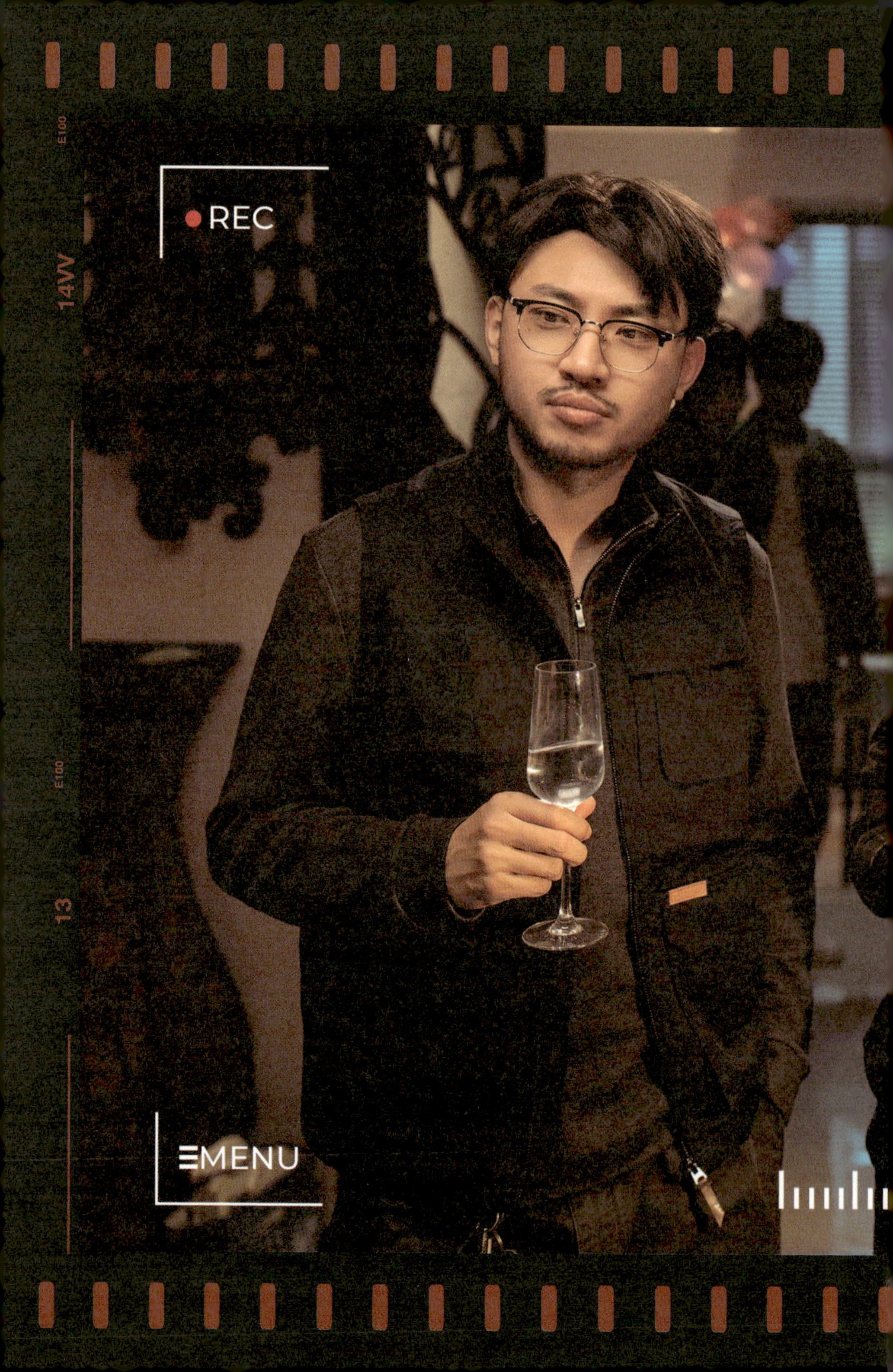
REC
MENU
14VV
13
E100
E100

00:00:10

目录
CONTENTS

一	饺子之神	1
二	土地神	21
三	蓝色彗星	49
四	悬崖之下	67
五	光明荣耀	87
六	杀手 Z&Z	111
七	算个喜剧	137
八	"城"家立业	157
九	真善美的小世界	183
十	我的名字	201
十一	让我下去吧	221
十二	八十一难	247

一
饺子之神

食神盯着报纸头版上的巨幅照片，现出复杂的表情，毕竟有他在，东北还没有哪个厨师能在他不动笔的情况下被捧成这样，更何况是一个年轻人。

那张报纸上写道："中华美食历史悠久，海纳百川，融会贯通，又变化万千。在美食的舌尖之战中，各大菜系频繁过招，风云迭起。虽然大家对于豆腐脑是甜还是咸、粽子放枣还是包肉、吃火锅蘸麻酱料还是蘸油料争论不休，但对于哪种食物最能代表中国，大家的意见却是出奇地一致。那就是世界的美食在中国，中国美食的代表是饺子。而最好的饺子出自一位神秘的年轻厨师之手。他至今不肯透露姓名，我们只好称其为——饺神。"

食神将那张报纸扔进了烤火的火盆，然后换了一套西装，穿上大衣，撑起伞，走进了寒冷的雨夜。

这家餐厅风格简洁而古朴，灯光虽然不太明亮，却透着十分的暖意，纯木的装修更给人一种宾至如归的感觉。灶台就在吧台后，厨师面向里面工作，转身向外就能面对客人。

此时，饺神正在店中擦拭着灶台，助手六子也在打扫地面。在室外大雨的衬托下，室内显得很温馨，如同漂浮在风暴之下海面上的小小救生舱。现在已接近打烊时分，食客都已离去，餐厅在做最后的清理。

突然，餐厅门又开了，一个"全副武装"的人带着冷气和雨气走进来。他一踏进门里就将风雨关在门外，收起伞，问道："还有饭吗？"

六子赶忙走过去，接过客人的雨伞和大衣，这才看到来者西装革履、文质彬彬，因为外面雨实在太大，他的裤子和鞋都湿透了。六子先去把雨伞和大衣放好，然后去点燃熏香，又拿来干燥的衣服和干净的拖鞋给客人。客人换好后才坐到吧台前面。

饺神只抬了抬头，又继续低头工作。客人也不发言。不知为何，两人之间竟莫名地对峙起来。显然饺神知道来者是谁，而且似乎对这场会面已经期待很久了。

"怎么来的？"

"徒步来的！"

"多远？"

"七七四十九里。"

"走了多久？"

"九九八十一分。"

"食神刘波，美食刺客，在《民声》上写美食专栏十五年，没有一篇好评。我说得没错吧？"

客人未置可否，环视一周，见桌脚下垫着一本《母麒麟美食指南》，封面上正是店主本人。他从桌脚下抽出那本杂志，轻轻掸了掸灰，说："《母麒麟》这么大的美食推荐指南都被您拿来垫桌脚，您还会怕我一个写字的吗？"

饺神微微一笑："怕谈不上，只是疑惑。"

"疑惑什么？"

"百家饭百家味，您凭什么定人家生死？"

"我没有定谁的生死，而是没碰上好故事。"

"故事？"

食神换了个坐姿，推了推眼镜，说道："城南三十里，白龙坞，盛产什么？"

"寿眉。"

"多少钱一斤？"

"一个大洋十二斤。"

食神掏出一只相当精美的锦盒，轻敲盒盖上的翡翠："但是城南四十里有一百果山，山中有秘泉，泉水旁有老树三棵，每年产茶不足三十斤。这三十斤茶，每年需得六个大洋——"

"一斤？"

"一片。"

食神轻轻打开锦盒，里面有数十片茶叶。他拈出三片，放入茶杯，向六子示意。六子马上拿来水壶，将水注入茶杯。壶里的热水温度恰到好处，六子注水手法专业，茶叶已在杯中轻盈地漂开，香气随之飘出。食神用手轻轻一指茶叶，笑而不语。

饺神深吸了一口茶香，赞赏地点点头，然后认真地问道："那么，先生会怎么写我的故事？"

"那就看今天这顿饺子包什么馅儿了。"

"呵呵。坐！"

"妥！"

"饿吗？"

"能等。"

饺神点点头。

很快，厨房里又响起来，之前关掉的火、设备也都重新开启，食材还没收起。六子换了一条干净围裙，重新洗手，回到琉璃厨台前。他两手沾面，熟练地擀起饺子皮儿来。但他刚刚擀了几张，就听琉璃台上"吧嗒"一声。

原来是饺神用擀面杖轻轻点了一下，六子像被定住一样，一动不动地等师父教训。饺神拎起一张刚刚擀好的饺子皮儿，原来有一坨菜叶子被擀到了饺子皮儿上。六子额头冒汗，等师父发落。

可饺神只是看着他。他忍不住分辩道："本来它……可能是刚才拌馅儿的时候……"

饺神没理他的话茬儿，而是问道："来多久了？"

"快……快九年了。"

"九年。嗯。九年都干什么了？"

"三年和面，三年拌馅儿，下个月擀皮儿满三年，就能学包了。"

"加一年擀皮儿。"

"啊？师父——"

"一年半。"

"是。"六子只得认罚，低着头进后面准备汤去了。

这一切都被食神看在眼里，他微微一笑，轻轻自语："哼，作状。"

就在这时，饺神问道："先生可有存在我们店里的饺子汤？"

"汤？"食神不解。他只听过有存酒的，从未听过有存汤的。

"有水，就有汤。"饺神解释道，"先生是哪里人？"

"北方人。"

"北方哪里？"

"北方东边。"

"东北人！六子，"饺神对六子道，"今晚煮饺子用辽河水。"

"辽河水"三个字让食神眼睛一亮，就听里面六子将布帘拉开，几十个精致的玻璃大瓶陈列其中，像名贵的泡了中药的酒一样。

食神站起身问道："我能进去看看吗？"

"当然，请！"饺神说。

食神来到后厨，只见柜子里的玻璃瓶上贴着标签，用很漂亮的隶书书写着——辽河源、秦淮井、西湖潭、天池露、渭水头、湘江北……

食神惊呆了，一股狂喜涌上心头。他还从未听过饺子汤还有这种讲究。

六子费力地搬下"辽河源"，将一口精致大锅中原来的水倒去，把"辽河源"倒在里面。

"家乡水，家乡人，家乡饺子家乡魂。高明！只是……"食神不禁赞叹，但又指着其中一瓶水问，"只是不知这瓶只写了一个'响'字的是哪里的水。"

"哈哈哈哈，问得好！"饺神说，"'响'不是源头，而是寓意，乃是一喜剧巨匠存在我这里的。"

"是寓意，明白了，但求包袱能'响'。"

"高见。"

食神这次真的来了兴致，这不就是他一直所要探寻的"故事"吗？他细细地看着一瓶又一瓶汤源，它们在空间上可谓遍及神州大地，标签名也能跨越古今。还有一瓶水写着"吉隆坡河"，他一问才知，这是回国探亲的华侨所留。食神拿出本子，

——将它们记下。

这时，饺神问道："还未问先生，您想吃什么馅儿的？"

"哈哈哈哈，"食神朗声大笑，"听说韭菜鸡蛋饺子乃是先生几百年的家传，那自是要尝一尝喽。"

"那是最好。你这个点儿来，别的也没有了。不过需要纠正一下，蛋是蛋，不是鸡蛋。"

"哦？那是？"

饺神手上不停，一个又一个精致的饺子从他手中包出："你听没听说过有一种没有脚的鸟，它只能一直飞，一生只有一次落地，就是它死去的时候？"

食神拍手道："无脚鸟！这是我们这些在外漂泊之人的化身啊，只是有一点我没想明白。"

"讲。"

"这鸟一辈子飞着不下来，这下的蛋不就摔碎了吗？"

"你怎么不问韭菜？"

"那韭菜？"

"没有韭菜。"

"那怎么叫韭菜——没有鸡——蛋馅儿的？"

"红尘俗人，我们谁人不是韭菜？"

"没错！我这两年总被人割。先生高明，那这面粉是？"

"太平。"

"何解？"

"粉，是太平。"

"漂亮！"

这时，六子悠长地招呼道："水开喽！"

饺神也高声回应："包好喽！"

六子费力地挪开大锅盖，走了过来，然后端起包好的饺子去下锅。

食神听着扑通扑通的下水声，口水都要流出来了。

饺神笑道："饿了吧？"

"确实是有点儿，为了这顿饺子，我上周开始就没吃饭，又走了四十多里路。"

"好饭不怕晚。"饺神开始解围裙，"你前前后后打听了一遍，还有一物为何不问？"

食神心领神会道："醋。"

"请讲。"

"我不问自有我的理由，吃不下去的饺子才用醋。前三个得白嘴吃。前面被酸味儿抢了味道，岂不是无法品尝饺子的本味儿？"

"不错。但这醋也有开胃提鲜之作用。"

食神停下取筷子的手："这世上难道有既开胃又不抢风头的醋？"

饺神微微一笑，取出一个密封的小瓷坛子，打开封盖，一股醋香飘了出来。他往一只小铁壶里倒了一些，点燃桌上一只小火炉,然后将铁壶摆小火炉上。不一会儿,蒸汽喷出。

食神闭上眼睛,提鼻猛闻,肚子咕噜咕噜响了起来。他不禁拍手赞道:"妙啊!先生这招儿不光能开胃,还能预防感冒。"

"开胃不假,但预防感冒是谣言。"

就在这时,饺子锅盖上冒出蒸汽,蒸汽向上一顶,触发了悬在锅上的机关,浑厚的钟声在小店中响起。

饺神立即起身,用刚才"包好喽"的腔调大喊一声:"饺子出锅啦!上饺子!"

食神早已按捺不住,筷子举在半空已经打了一回快板书。

饺神手中的笊篱一挥,一盘饺子已经盛得。他端着盘子,却没往桌上放,而是对食神说:"闭眼!吐气!吐!把肚子里的气排干净!"

食神咽了口水,赶忙照做。

饺神将饺子端到他鼻子前,发出指令:"吸气!闻!闻到了吗?"

"闻到了!"

"闻到什么了?"

"饺子味儿!"

"就这么简单吗?"

"馅儿!馅儿味儿!"

"什么馅儿的味儿?"

"韭菜——没有鸡——蛋味儿!"

"韭菜蛋味儿就只是韭菜蛋味儿吗?"

"啊,那不然呢?"

"那是没有脚且飞在天上漂泊,心甘情愿被那个啥的人生味儿啊!"

"厉害!"

"还有呢?还有什么味儿?"

"还有……还有皮儿味儿!"

"皮儿味儿就只是皮儿味儿吗?"

"啊……那不然呢?"

"那是麦香!是你老家的万顷良田啊!"

"高明!"

"还有什么味儿?"

"还有,还有醋味儿!"

"醋味儿就只是醋味儿吗?"

"不,那是经年累月的经验、悉心足时的酿造厚积薄发地献出,那是匠人精神的味道!它将前两种味道调和在一起,那是千千万万劳动者为家乡、为亲人、为国家贡献出自己辛勤和才智的味道!"

"学得真快!鼓掌!睁眼!"

食神睁眼,就见饺神手里的盘子一歪,一盘饺子全都倒进了一只精致、外形像棺材的桌面垃圾桶。

"啊?先生这——"

"饺子宴第一盘,闻饺,这盘只可闻不可吃。"

"这……高……高明!"

饺神手中的笊篱再次挥动,又捞出一盘饺子。他还是离桌子远远地端着,说:"闭眼!"

食神听命。

饺神把饺子端近,说:"转头,俯身,听!听到了吗?"

"听到了!"

"听到什么了?"

"漂泊人生,万顷良田,劳动人民!"

"屁!是白山黑水穿林的风声啊!"

"啊,是!先生真乃神人也!现在可以吃——"他一睁眼,那盘饺子又被倒进了那个棺材状垃圾桶。

"啊!"

饺神伸出食指摇了摇:"第二盘,听饺,可听不可吃。"

食神只觉得胃如黑洞,可怜巴巴道:"先生,我确实有些饿了,走了四十九里路过来的。"

"别废话,你吃的可不是饺子,而是我半生修为!"

"懂!"

说话间,第三盘饺子已经捞上来了,饺神端得不远不近,说道:"这第三盘嘛——"

"看饺!对吧?"

"聪明。你看见了什么?"

"人生、良田、白山黑水……"食神刚要动筷子，这一盘饺子又被倒进了垃圾桶。

"看完了，先生上'吃饺'吧。"食神饿得直搓手。

饺神再次摇了摇手指："吃饺子关键是什么？"

"是什么？"

"时间。时间是饺子的敌人！饺子出水，十秒就瘪，瘪了的饺子就不是饺子。"

"那是什么？"

"馅儿饼！"

食神狠狠地同意道："掉价！"

饺神附议："下贱！"

"没品！"

"低档！"

"不能瘪！"

"不能塌！"

"得支棱！"

"饺子出水三沥，盛盘，上桌整整九秒，你还有多久？"

"一秒！"食神惊呼。原来吃饺子如同发射卫星。

"聪明！"饺神拿出一个闹钟来。

"九秒响铃，铃响一秒。准备好了吗？"

"来吧！"

"好，下面注意了，吃饺第一个！"

闹钟开始倒计时，如同定时炸弹开启，食神盯着饺神捞饺子。铃声响起时，饺神捞了一只饺子的笊篱刚好到食神面前。这动作太大，食神吓了一跳，没有夹起来，刚要伸筷子，饺神已把这只饺子倒入了桌面垃圾桶。

食神大喊："先生！"

饺神摇摇指头轻轻叹气："这只饺子！死了！"

食神这才明白为什么那个桌面垃圾桶长得像棺材，他大喊道："它本来是活的吗？！"

饺神没理会，重置闹钟，喝道："棒槌！集中注意力！第二个！"

铃响，笊篱到，食神这个用筷子高手因为太紧张，夹来夹去竟没夹起来，饺子又被倒掉了。

"啊！"

"又死了！第三个！"

闹钟重置、响起，笊篱到，食神这次没再夹，而是用筷子插起一个饺子送到嘴边。饺神另一只手如蛟龙出水般突然伸过来一双筷子，瞬间夹中食神的筷子，向外一挑，那饺子刚好被挑落，掉进饺子棺材。

"啊！这是？"

"外国人用叉子，中国的饺子得用筷子！"

"不是……不……不是！我是真饿了，先生。"

"定力！第四个！"

闹钟再次重置、响起，笊篱到，食神夹了两下才夹起来，刚送到嘴边，铃声停了。食神不管不顾，还是把饺子塞进嘴里，没嚼就想咽。饺神竟一把掐住食客的脖子，像对待刚刚捕获鲜鱼的鸬鹚一样，那饺子马上就从食神口中飞出，饺神用盘子稳稳接住，倒进了饺子棺材。

食神这下可急了，大喊道："不是，先生！差一秒没事儿吧？！"

"没事儿？你当我是什么人！赫拉克利特说过，人不能两次踏进同一条河流！上一秒的你和下一秒的你是同一个你吗？上一秒的饺子和下一秒的饺子是同一个饺子吗？"

食神已经快哭了："好吧，先生，我知道了，再来一次吧。"

"小六子！辽河水！"

"啊？从这儿开始啊！"

"这一锅已经全部阵亡了！"

第二锅饺子也很快煮好，可惜再次全部阵亡。

食神已经快饿趴下了："先生，我是吃不上了！您把那倒掉的馅儿饼给我吃点儿吧，我实在饿得受不了了。"

"胡说，你来这儿是为了吃馅儿饼吗？吃饺子有三求！"

"我求求了,不折腾还能忍,这又闻又听的,还有这玩意儿——"他指着小火炉上的醋壶,"太开胃了!我好饿啊。"

"我的饺子就不是解饿的!你吃的是什么,你以为吃的是饺子吗?你吃的是我这辈子走过的每一座山、每一座桥、读过的每一本书、交过的每一个女朋友。"

"我不想吃你女朋友!我想吃饺子!韭菜鸡蛋馅儿的饺子!算了,不是饺子也行。那好,你说过了时间就不算了,你把棺材里的那些给我做成炸饺子不就得了?"

这句话突破了饺神的底线,他站上凳子,居高临下,严肃地说道:"糊涂!饺子的尊严就是刚出锅的时候被你吃了!没尊严,毋宁死。它们都已经死了!你连这都不懂,你走吧。我这里不招待庸庸碌碌之辈!"

此时,一声炸雷响彻夜空,饺神一抖袖子,进里屋去了,只留下食神在原地发愣。六子站在旁边,手巾搭在肩上,同情地看着食神。

这时,醋壶烧干,散发出一种焦煳味儿。六子赶紧上前灭了火,于是店里最后一点儿声音也消失了,只剩下屋外的雨声和雷声。

食神捂着咕咕叫的肚子,咬牙说道:"庸庸碌碌……我庸庸碌碌……我一篇文章,可以让一个餐厅名誉扫地;我一篇文章,可以让一方百姓日进斗金。你个包饺子的,懂个屁!"

食神撑着桌子站起来。六子从衣架上取下大衣为他披上,又取来立在墙边的伞。伞上的水已经干了,食神却一口饺子都没吃着。六子陪着食神往外走。

门外有个小小的带顶棚的门廊,站在那儿虽不会直接淋到雨,但雨在往里飘。食神正想打开伞和六子告别,六子掏出了一个饭盒,塞到食神手里。

"这是……饺子?!"

不用问,透明的饭盒里装了二十几个饺子。食神打开盒盖,捏起一个来。饺子早已软塌,彼此还粘着,这只饺子一被拎起来就破了皮,馅球差点儿掉出来。

六子面带慈祥地说:"吃吧。"

食神哆哆嗦嗦地把饺子放进嘴里,一口咬下去,仿佛那是一粒天上的仙丹,一瞬间将他带回小时候。

他看到自己还是个少年,刚刚打完架,一身泥水地回到家里。他掀开水缸盖子用瓢狂饮,猛喝几口后喊道:"妈!我饿啦!"接着,他就看到妈妈在金光灿灿的厨房里忙活着,满脸都是笑意。妈妈说:"你爸爸还没下班呢,等你爸爸。中午你剩的饺子还在桌上呢,别吃多了,免得一会儿吃不下饭,就吃一个啊。"少年掀开挡苍蝇的罩子,里面一个瓷盘里都是干瘪的凉饺子,他用手捏起一个放在嘴里,露出了幸福的笑容。他忍不住又吃了一个,一个又一个……

他想起自己不久前写下的文章里的句子:"人的回忆有很多种,有一种就是美食。人都说十四岁那年会把一辈子的口味定型，之后人生每一次对于美食的冒险只不过是想拼命复现那个午后饥肠辘辘的自己才能尝到的家的味道。"

他还想到了很多。最后，他哭了。在他的回忆中，那个少年吃了一个又一个饺子的时候，当下的他也一个又一个地吃着。不知不觉间，一盒饺子已经吃完，他空转了一晚上的胃被突如其来的幸福感填得有点儿失去控制。食神感觉到撑——的确吃得太猛了。

终于，他回过神来，重新意识到自己是顶尖的美食评论家、人称"食神"的刘波。这饺子太美味了，对于一个美食评论家而言，如果不去客观地向所有人狂吹这盒饺子，那就是他失职，是犯罪。

想到这里，他擦擦眼泪，问道："这是什么饺子？"

六子看着他狼吞虎咽地吃完，便讲究地把空饭盒拿了回来。他说："先生，这是我自己研发的冷吃饺子。"

"冷吃饺子，等等——馅儿、皮儿配方都是你师父的独门秘方，还有近九年的学艺练就的手艺，最绝的是，你常年训练手上温度，近十年未变，连手上的汗孔都经过处理给封死了，为求到达最精准的温度。我说的，对吗？"

六子耸耸肩，笑而不语。

"被我说中了吧？一定是这样！我……我要把你捧成新饺子之神。这饺子真乃神作。没想到我自开笔以来写尽恶评，而第一篇好评是写你小六子的。"

"先生，这个是我二婶昨天从街角东北饺子馆吃剩下的。"

"啊？不可能，我的味觉不可能出错。"

六子突然眯起眼睛，抱起了双臂，慢悠悠地说："味觉可能被环境美化，被记忆欺骗，您只相信您想相信的，难怪这些年一直被割。也许我师父说得没错，你的确是个庸庸碌碌之辈。"

食神听了这话，哑口无言。

"对了，您刚才问无脚鸟的蛋为什么没碎，师父托我给您答案。"

"为什么？"

"因为他在扯淡。好了，我们要回去吃饺子了。今天就剩那一点儿馅儿，我们本来就是要包给自己吃的，那个小桶就是我们的食盒。行了，雨也小了，您慢走，欢迎您再来。"

一个炸雷响过，六子回屋，食神在原地愣了许久，最后撑开伞，向黑夜中走去。

二
土地神

Shaoyehewo

城门脚下,两个小摊贩挑着担边走边聊,没注意脚下,其中一个突然被绊了一下,低头一看,地上躺着四个大汉,衣衫褴褛,正在懒洋洋地晒太阳。

卖砂锅的摊贩说:"真稀奇啊,城东、城南、城西、城北的四个懒汉竟然聚到一起了。你们那么懒,是怎么爬到一起的?"

老大教主说话了:"哎,别叫我们四个'懒汉'。"

"那叫你们什么呀?"

老三六兽掏出一个卷轴,展开,上面写着"懒汉四大天王"。

六兽指着卷轴上的字说:"看见没,我们理念相投,已经结拜成兄弟了。"

老二石老板说:"总有一天,我们要把不劳而获的精神传遍神州大地。"

卖竹耙子的小贩说:"呸!你们有手有脚的,就不能找个正事儿干吗?一天天啥也不干,指着天上掉馅儿饼呢?"

老四刘波说:"那敢情好啊,借你吉言,我就等着馅儿饼了。哎,咋还不掉呢?"

砂锅小贩说:"真替你们臊得慌。"

两个摊贩离开了。

刘波肚子咕地叫了一声,他对教主道:"老大,那啥,我饿了,你给解决一下呗?"

教主摊手:"别指望我啊。我才懒得当这个老大,是你们推举的,我只是懒得拒绝而已。"

六兽竖大拇指:"不愧是老大,真懒啊。"

石老板说:"老三,你就知道拍马屁。"

教主打断他们:"别吵了。那啥,刘波,咱们兄弟几个当初是怎么约定的?"

"谁先挺不住谁做事儿?"

教主一摊手:"那你该知道怎么做了吧?"

刘波无奈:"行吧。我听说土地庙里的神像身上有金漆,那玩意儿刮下来是不是能卖钱?"

四人对视一眼,说干就干。

三分钟后,他们就走到了土地庙。庙不算大,有些破败,明显香火不旺。四个懒汉一进庙内就躺了下来。

六兽先占了一块阳光最好的地面躺下："累死了累死了。"

教主则是原地躺平："好久没走过这么远的路了。"

石老板觉得他们的姿态实在不雅，自己想躺得规矩一些，便说："冒犯神灵，是不是不太好啊？"

刘波则躺得四仰八叉："有啥不好的？它虽然是神，但是没灵过，算不上神灵。哎，你们看，谁家神灵能倒牛粪里啊。"

四人看到土地神的神像倒在地上，脸正好埋在一堆牛粪里。

刘波爬起来，走过去把神像扶起来。他上下观察，说道："这也没有金漆啊。"

教主在旁指导道："你看看脸上。"

刘波找块破布，擦干净神像的脸，又看了看，说道："也没有啊。这事儿整的，白费力气。"

"啊？不会白来了吧？"六兽失望地说。

"白白让我走了那么远的路，是谁说有金漆来着？"

四个躺着的勉强爬了起来，转身要走，突然听到一个声音："刘波。"

"谁叫我？"刘波转身，看到神像旁站着一个身影。

此人说："我是土地神。我可以满足你三个愿望。"

"土地神？"刘波来了兴致，走过去，左一眼右一眼地对比此人和神像，"哎呀妈呀，一模一样！还真是土地神！你说，你能满足我三个愿望？"

土地神的脾气还挺冲："一句话，想要还是不想要？"

"想要！终于掉馅儿饼了！我的夙愿就要实现了！"刘波十分激动。

教主举手道："土地神，我们三个能许愿吗？"

"跟你们没关系。只有在乙丑月、丙寅日、丁未时把土地神神像从牛粪中扶起并擦干净的人才有许愿的资格。"

石老板说："条件好苛刻啊！"

六兽摇头："唉，刚才那个动手的人要是我，就能……不能，我没那么勤快。"

刘波大笑："我真是走牛屎运了，哈哈哈哈。"

土地神说："刘波，你的愿望是什么？快说，超过五个数就自动作废了。五、四——"

"我的愿望，呃，"刘波加快语速，"首先要四碗饭，然后我要百亩良田，还要家财万贯。还好来得及，幸亏我平时一直在练习这三个愿望。"

土地神郑重宣布："许愿成功。"

一阵烟雾腾起，将刘波罩在里面。

原来这是一个严肃的仪式。

少顷，烟雾散去，刘波重新现出身形。大家看着他，上一眼下一眼，刘波也打量自己。

刘波看了半天，问道："我咋没啥变化呢？"

土地神说："急什么，一样一样来。第一个愿望，四碗饭，是吧？你们闭上眼睛。"

懒汉们闭上眼睛。

"好，睁开。"

刘波看到自己面前摆着四碗米。他端起一碗就想吃，但仔细一看，是生米。

刘波说："不对啊，这不是饭，是米。"

土地神质问道："米能不能做成饭？"

"能——"

土地神点头："那就去做。"

刘波皱眉："我没太明白，你是让我坐……那，等着开饭，是吧？"

土地神提高声音："是让你做饭！去吧。"

土地神向旁边一指，不知什么时候那儿多出来一口锅。

"那个，土地神啊，"刘波走近几步，"你是不是搞错了？我许愿许的是四碗饭——佛按饭。你们帮我做证，我没说错吧？"他转向另外三人。

"没错。"三人齐声说。

土地神摇头："凡人这个智商啊，唉。咱们捋一捋啊。你要的是四碗饭，对吧？"

"对。"刘波道。

"我就应该让你得到四碗饭。"

"没错啊。"

"现在我给你四碗米,你去煮饭,煮完是不是就有了四碗饭?"

"对噢。多简单的逻辑,我刚才咋就——不对,不是应该直接给我四碗饭吗?"

"就想着天上掉馅儿饼啊?"

"也行啊。"

"什么'也行'?我是让你米饭、馅儿饼二选一吗?"

"我有点儿蒙啊。我的理解,求神不就是想不劳而获,直接拿到自己想要的东西吗?"

"在我这儿,不劳而获行不通。想要什么,就得用自己的双手去创造。你们听明白了吗?"土地神对所有人说。

四个懒汉一起摇头。

"想不明白就直接去做,做着做着就明白了。还愣着干什么,不饿了?"土地神训道。

刘波喊道:"做什么啊?现在有比饥饿更重要的事情!"他蹲下来抱住头,"我的世界观崩塌了。我许了愿,竟然还得自己做饭,那我跟那些勤勤恳恳的人有什么分别?!这个世界还能不能好了?"

土地神指了指他:"有你这样的人就没好。你做不做?"

刘波蹲在那儿一动不动。

"真有骨气啊,宁可饿死也——"土地神袖子一挥,要收走那四只碗。

刘波赶紧过去护住："不是，我做，但我不会做。"

土地神笑了："我教你。首先，淘米。就是把米洗一洗，把小石子都挑出去。然后，把米倒进锅里，加水。手放进去，到第二个指节……加柴，点火……"

刘波按照土地神的指示操作。

另外三人在边上看傻眼了。

教主说："今天真见识着神迹了！刘波动手做饭了！"

很快，饭做好了，四人狼吞虎咽。刘波边吃边流泪。

土地神在边上冷眼旁观："自己动手做个饭，至于这么感动吗？"

刘波边流泪边含着饭解释："不是，我是觉得自己违背了初心……我脏了。"

教主赶紧说："我们可没脏，我们啥也没干。"

石老板只顾着扒饭。

六兽咽下一大口，说道："老四，你自己好好反省啊。"

土地神看大家吃得差不多了，问刘波："你第二个愿望是什么来着？"

"我想要，"刘波把粘在嘴边的米粒都舔干净，"百亩良田。"

土地神一笑："这也容易。百亩良田，首先从第一亩开始。这样，后山有一大片荒地，土质肥沃，明早就去吧。"

虽然经历了把四碗生米做成饭，刘波还是很惊讶："去……

干吗?"

"开荒啊。"土地神塞给刘波一把锄头。

刘波连连摆手："不行不行，我干不了。"

土地神目光扫向另外三人："一个人不行，不是还有——"

刘波连看也没看就说："一说干活儿，他们肯定跑得比狗还快。"

果然，另外三个懒汉噌地蹿起来，跑没影了。

刘波躺在地上大哭。

土地神露出了诡异的笑容，再次把锄头扔到他身边："你要明白，一个人干净的时候想变脏容易，脏了再想变干净，那可就难了。"

第二天，刘波在土地神不停的催促下，终于从床上爬起来，扛着锄头跟着土地神去了荒地。

荒地里尽是荒草和灌木，根本没法种田。刘波挥了两锄头，看着这片荒地，感觉自己就像一只小蚂蚁在面对一座巨大的木山，别说这一辈子，就是再来几辈子也垦不完。他浑身一软，倒在地上，脑门顿时就挨了土地神一下子。

"偷懒！"土地神骂道。

"土地神，这个我真来不了啊。我去——这么大一片，我得垦到什么时候啊！"

"有志者事竟成。你没听过愚公移山的故事吗？"

"那山最后不也是神仙移走的吗？又不是愚公自己挖的！土地神，你就直接给我百亩良田不行吗？我不是为了我自己，我是为了给这个世界留下不劳而获的希望！"刘波突然跪下，泪流满面，"土地神，我想不劳而获！"

"少给我整这个！"土地神拿起锄头就要打刘波。

刘波赶紧求饶："别，我干还不行吗？"

刘波擦了擦汗，顶着渐渐变高的日头站起来，又举起了锄头。

土地神看他继续干活儿了，就开始在边上边转边唠叨："其实对我们神仙来说，直接给你东西是最轻松的。可那是害了你！你也不想想，一下子拿到百亩良田，你年纪轻，才积了那么一点点阴德，你承受得住吗？这么多年，有多少人拿着天上掉下来的馅儿饼不知珍惜，不会节制，变着花样把自己撑死？我见的太多了！就像三十年前的李员外、一百年前的赵举人、一百二十年前——"

结果，他转回来，却看见刘波在偷懒，锄头抬得还没有他膝盖高。他上前踢了刘波一脚，喝道："继续！人啊，想要什么，就得脚踏实地，老指望别人，那能行吗？别人能给你，就能拿走，抓在自己手里的成功才是真正的成功。刘波，你可以的，加油！"

刘波似乎被这句话点燃了斗志，继续挥起锄头："好有道理啊，听得我热血沸腾……"但他只挥了一下，这句话的力量就被肌肉的酸累粉碎了,他把锄头一扔,说,"好,现在热血冷却了。"

"冷得这么快啊!"

"实在干不动了。要不这样,土地神,我收回我的愿望,你就当这事儿没发生过,咱俩一刀两断,行不行?"

"想得美!从我答应你的愿望开始,神和凡人之间的契约就正式生效了。契约神圣不可侵犯,要毁约,你知道会死得有多惨吗?嘿嘿嘿嘿嘿。"

刘波欲哭无泪:"你这不是绑架吗?"

土地神冷笑:"就绑架你了,咋的吧?"

"爱咋咋的吧。"刘波爬起来要走。

土地神在身后喝道:"嘿!我是不是对你太慈祥了?九天应元雷声普化天尊急急如律令!"

言出法随,天上响起雷声。刘波抬头一看,空中一道硕大的闪电朝自己劈下来。他赶紧闭眼,喊了声"啊"等死。结果耳边传来一声:"停!"

刘波睁开眼,发现自己还活着,再抬头一看,一道闪电的尾巴正悬在他头顶,几乎碰到他天灵盖。

土地神的手中还比着"暂停"的手势,对刘波说:"念你初犯,暂且留你一命。再敢违约,这道闪电就会直接劈下来。"

刘波晃动脑袋,又走了几步,发现这道闪电一直悬在自己头顶。

刘波问："它是要跟我一辈子吗？"

"那倒不一定。"

"噢。"

"如果你这辈子没实现愿望，它下辈子还跟着你。"

"啊？！"

这一天终于干完活儿，刘波扛着锄头气喘吁吁地跟着土地神往庙里走，碰见那三个懒汉倒在路边晒太阳。

教主一抬眼看见了刘波，风凉道："哟，这不是懒汉老四嘛。"

六兽道："懒汉？什么懒汉？"

石老板扇着一把不知谁扔的破蒲扇，接道："是庄稼汉刘波。"

三人一起举起拳头说："刘波刘波，干活儿利索！"

刘波生气，一低头向三人冲去："我电死你们！"但冲到近前时，他压低声音对三人说，"兄弟们，你们可得救救我啊！"

教主说："老四，苦了你了！你放心，我们会制订一个周密的计划。"

六兽指着脑袋摇头："但那就得动脑筋了。"

教主说："然后我们就要严格执行这个计划。"

石老板举着手摇头："但那就得动手了。"

刘波着急道："为了咱们'懒汉四大天王'，值得啊。"

教主眼珠一转，道："等等，我有一个更好的办法。"他示意六兽拿出卷轴，石老板和他一起打开，教主拿出毛笔，在"懒汉四大天王"中画掉"四"，写上"三"。

六兽拍手："不愧是老大，用最懒的方式解决最大的问题。"

刘波惊呆："解决我呀？！"

教主摊手："老四，别怪我们，你应该知道，懒汉不能靠自己。"

石老板继续摇蒲扇："懒汉更不能靠懒汉。"

六兽继续动嘴："懒汉只能——"

"行了！我懂。"刘波说，"但是老大，你能不能先别开除我？我会自救的。我的心永远属于四大天王。"

土地神其实听得一清二楚，说："行了，走吧。"他轻轻一招手，刘波就被一股无形的力量拉了回去。

教主这时在卷轴上画掉"三"，又写上"四"。三人一齐对飞远的刘波比口型："兄弟，等你！"

接下来是一段天昏地暗的日子。刘波日不出即作，日已落才息，每天干完活儿，身子就像散了架一般。这一天，他拖着动一下就全身酸疼的身子来到荒地，刚举起锄头就倒在了地上。

"土地爷，我……我实在干不动了。"

土地神根本不看他："相信我，你根本就不累。真的，神无戏言，你还有很大的潜力，你看，这不就起来了，好样的……"

锄头又动了起来，原来是土地神把刘波揪起来，抓着他的手强迫他挥动锄头。

"我是真累啊。哎，土地神，你能不能干脆先催眠我再让我干活儿，等我干完了或者愿望实现了再让我醒过来？"

"那可不行，要的就是你这个痛苦的过程，不然就少了很多乐趣啊。"

"一个神咋这么歹毒呢？"

"这算什么，我还有更厉害的。"

"啊？"

"你要是再偷懒，我就把你的祖宗都请出来。"

刘波已经恍惚，并没能理解这句话是什么意思。

第二天，刘波见土地神暂时不在边上，就扔下锄头躺在土地上。他刚躺两秒钟，就被土地神拽着耳朵揪了起来。

"我的爷，我就歇一会儿，就歇一小会儿！"

"烂泥扶不上墙。你这样对得起你的父母和列祖列宗吗？你忘了我昨天的话了吗？"

"他们早就不在了。我老哥一个，我怕啥呀。"

"好，我现在就召唤你的列祖列宗，让他们看看你现在的样子。"

突然，空中传来声音。

"刘波，你怎么这么不争气啊。"

"跟小时候一点儿都不一样。"

"爹？娘？"

"唉，我就知道这孩子难成大器。"

"你又是谁？"

"我是你曾祖母。"

"我是你曾祖父。"

四周响起七嘴八舌的声音："还有我，还有我……"

刘波简直要爆炸，大喊道："等会儿。你们有多少人？"

"一百六十七。"一个女声说。

"这么多！"刘波又要倒下，接着就听这些人又七嘴八舌地议论起来。

"看错他了。"

"刘波这个名字，他根本不配啊。"

"就是。"

刘波反驳道："有什么配不配的，就是个普通名字啊！"

一个声音突然说："想不到我刘邦竟然有这样的后代。唉！"

刘波这次站直了，对着天问道："我祖上竟然是汉高祖！"

土地神说："呃，不是，就是同名。"

刘波又垂下头："白激动了。"

土地神拍拍他的肩："但是他们的心情，你能理解吗？还不能理解也没关系，你更多的祖先就在来这儿的路上。"

刘波赶紧摆手："别让他们来了，我给他们争气还不行吗？"

刘波喊了声"也罢",甩掉最后一件小褂,重新挥起了锄头。

这天夜里,刘波在梦里也在挥锄头,但他锄不动地,每锄一下,地面都传来轰隆隆的声响。最后,这声响终于把他吵醒了,他这才知道,原来是边上土地神的呼噜声。

刘波悄悄爬起来,往土地神眼前晃手,戳他的脸、鼻孔,土地神毫无反应。他露出了复杂的笑容,犹豫了一会儿,还是爬起来,想往外溜。可是刚走到门口时,他似乎撞到了什么东西,摔了个大屁股蹲儿。他又试了一回,还是不行。门口明明看起来什么都没有,但显然有一层隐形的屏障。

刘波用手去摸,果然有像墙一样的东西,他纳闷儿道:"咋回事儿啊?"

土地神的声音在边上冷酷地响起:"这是我设下的结界,就是防你逃跑用的。"

刘波吓了一跳,但马上又硬气起来:"我哪是要逃跑,我是要上厕所。再说了,咋的,我还不能离开土地庙了?"

"在你实现愿望之前,不能。"

"太霸道了吧你!"

刘波转身回床,竟又撞在结界上,疼得他"哎哟"一声:"什么玩意儿,怎么这儿也有了?"

土地神冷笑:"我把结界缩小了。"

刘波跳脚:"有必要吗?"

他试着前后左右走动,不时撞在结界上,疼得龇牙咧嘴。后来他用力往上跳,要撞头顶结界,却撞了个空。

刘波问:"这位置咋还随机变化呢?晃我呢,是吧?有能耐你别整隐形的,整个实体结界让我看看。"

言出法随,刘波身边突然出现四面紧贴着他的墙,头顶也有,他急道:"啊?这是要给我弄口棺材啊!"

土地神继续冷笑:"你服不服?"

"服了服了!还是换成隐形的吧,一会儿我要憋死了。"

墙重新隐形,刘波还是姿势别扭地直立着。

土地神得意地哼了一声,倒在地上,瞬间雷鸣般的呼噜声又起。

刘波用身体使劲儿晃也晃不开,叫道:"那你倒是给我放平了啊!"

土地神根本不理他。

刘波苦笑着自语:"这回可进了站笼喽。"

这一天,三个懒汉正躺在地上谈论刘波,就见刘波空着手走到他们跟前,二话不说就躺下了。他的身子骨明显比以前壮实了许多,整个人虽然看着又黑又疲惫,但精神头和往日大为不同。

刘波在地上伸着懒腰说:"真怀念这种幸福的感觉啊。"

教主说:"老四,有你在太好了。可是,你是不是该回去干活儿了？"

"没事儿，土地神今天开会去了，应该没那么快回来。哎，这地上是不是有石头啊，"刘波坐了起来，好像怎么躺都不得劲，"怎么这么不舒服呢？"

六兽说："老四，这么一会儿你起来五回了。你不会是……再也不能躺平了吧？"

"呸呸呸，别瞎说啊，咋还诅咒人呢？"刘波看见前面有一片平静的湖，"哎，这湖里有鱼吗？"

石老板说："有，但是有个根本性的问题，鱼从来不自己蹦出来。唉，愁死我们了。"

刘波指着自己头上的闪电说："你说我头上这道闪电能不能把鱼电死？"

刘波爬起来，跃跃欲试。

六兽惊讶道："老四，你变了！你竟然自己主动去抓鱼！你被洗脑了！"

"你被洗脑了！"

"你被洗脑了！"

"我被洗脑了！"刘波摸了摸自己的头。

此时，刘波身上突然捆了一条绳索，把他拽向空中。刘波一看，不用问，土地神回来了。这一拽直接把刘波拽回了地里。

土地神收起绳索，手指弹着刘波头上的闪电，说："又偷懒！今天的任务能完成吗？"

那道闪电被弹得一动一动，就像刘波长的冲天辫，刘波的头也被带得一动一动的。

刘波哼了一声，说道："瞧不起谁呢？就这点儿活儿，易如反掌。"

刘波生龙活虎地又干起活儿来。土地神在边上看着，终于赞许地点了点头。

又过了两个月，一天下午，刘波望着已经开垦好的地，想起它曾经的模样，十分感慨。他将锄头包好，还给土地神，说道："荒地都开完了。按照你教我的种地流程，该播种了吧？"

土地神没夸他，直接问："你有钱买种子吗？"

"没有。"

土地神耸肩道："得赚钱。正好，你第三个愿望就是——"

"啊？还有愿望吗，我咋不记得了呢？"刘波装糊涂。

"家财万贯。别想在我这儿混过去。"

"还是没混过去啊。给我安排啥活儿，说吧。"

"不是我给你安排活儿，而是你自己的愿望给你安排活儿。"土地神说着拿来一个竹筐，交给刘波，"明天拿去卖吧。先说好啊，这算我的投资，卖的钱，咱们五五分。"

刘波一边打开筐盖一边说："你一个神，要钱干吗呀？"

"这庙破了，不得修啊？神像旧了，不得补啊？别的神仙过寿，不得随份子啊？哪儿哪儿都是钱啊。"

"自己变不就行了吗？"

"变的有啥意思啊？瞧不起谁呢？你不能因为我是神仙，就剥夺我自力更生的权利。"

刘波服了："行，不双标这一点，佩服你。"

刘波打开了竹筐，从里面拿出一堆丑东西。他看了半天没明白这些是啥，问道："这都是啥呀？"

"我亲手做的泥塑。"

"塑的啥？"

土地神指指他。

刘波顺着他的指头指了指自己："我？"他又看了看手里的东西，只能看出来是泥，没看出来有雕工，"在你眼里，我就长这样啊？"

土地神举起一个"泥塑"，摆在刘波面前比对，满意地说："你看看，一模一样。"

刘波作势要打土地神，但又忍住了，他摇了摇头，说："我曾经天真地以为，作为神，肯定有审美。刻板印象害死人啊。"

刘波看见土地神手里居然还有刻刀，直接上前抢了过来。

"你干吗？"土地神问。

"我试试。"

"你还有这本事？"

"我爹生前就是个手艺人，在我小时候教过我。"

"那你怎么不用啊？成天好吃懒做。"

"懒惰会上瘾嘛。只是没想到现在勤快也上瘾了。"

土地神看着认真雕刻泥塑的刘波，露出欣慰的眼神。

这一雕还真不含糊，虽然雕工没法和自家爹比，但耳濡目染，刘波雕出来的东西看起来也颇像个玩意儿，卖得一些铜板。刘波终于体会到了赚钱的滋味。那几个铜板在他的破口袋里被他的手磨得都泛了光。

晚上吃饭时，他把那几个铜板摆在桌上，开始数："三个、四个、五个……一个、两个、三个……"

土地神一脸不以为然："行了，一共五个铜板，来回数十遍了。"

刘波突然跳起来："没想到我的泥塑这么受欢迎，商业帝国就此拉开序幕了！"

土地神摇了摇头："哎，你千万别这么乐观啊。脚踏实地，也不一定就能成功。"

"啊？为什么？"

土地神叹了口气，说："就比如我吧，自问没偷懒过，成神千年了，还只是个小神。其实很多时候，你的天赋啊，运气啊……嘿，不说了。他娘的，好想成为大神啊！"

刘波惊呆了："吓我一跳。原来你也有目标啊，我还以为你挺清高的呢。"

土地神不高兴了："谁清高了？骂谁呢？"说着，土地神竟躺下了,"哎,你别说,躺着是舒服啊,怪不得你们四大天王老躺着呢。"

刘波也躺下了:"我发现了,一直躺着不如累一天再躺着舒服。哎,遇到你之前我是真没想到,原来神仙都是用这种方式帮凡人实现愿望的。"

土地神摆了摆手:"呃,不是都是这样,只有我是。"

"啊?那其他神仙——"

土地神对着天伸出手掌:"你要啥就直接给你啥,天庭就是这么规定的。对神仙来说,操作最简单,民众的信仰立刻就能收获。不过我总是觉得这样不太好,就按我的方式来了。"

刘波开玩笑道:"噢。哎,那我是不是能去天庭告你啊?"

土地神瞪他:"急急如律令——"

刘波赶紧说:"开玩笑开玩笑,我可舍不得拆了咱这商业帝国。"

生活就这样继续。刘波算了一下,再摆摊儿摆些日子就能攒够种子钱了。

这一天,刘波刚摆好摊儿,一个路人就在摊边停下。他没看那些小人儿,却盯着刘波头上的闪电。

"你头上这道闪电很别致啊,哪儿来的啊?"路人说。

旁边的一个"摊友"说话了,原来正是那个砂锅小贩:"他去拜土地神许愿,结果人家土地神让他自力更生,硬是把一个懒汉逼得比谁都勤快，真是笑死人了。"

路人大惊："有这种事！身为神灵，玩忽职守，这还了得？"他对刘波正色道，"这位凡人，我是天庭监察处的监察神，专门查办神灵渎职案件。"

"渎职？"刘波摇头，"不不，土地神没有渎职，他是为我好，他——"

"我代表天庭向你道歉。"路人深深鞠躬。

刘波赶紧扶住他："不用道歉，我得到了很多，我都开始发家致富了。我——"

"此事我们一定会严肃处理。"

"处理个什么啊，我是自愿的。我和他——"

路人并不理会，仔细查看刘波头上的闪电："这道闪电，属于编号253号土地神。好，我记下了。"

刘波大喊："哎，你倒是听人说话啊！"

路人突然变成了神仙模样，还戴着红袖章，果然是个监察神，接着就消失不见了。

刘波在原地愣了两秒钟，连摊儿上的东西也不要了，撒腿就往土地庙跑，边跑边大喊："土地爷！快跑！有监察处的神仙来抓你了！"

等刘波上气不接下气地赶到土地庙时，那个神像又倒在牛粪上了。刘波赶紧上前把它扶起来，擦干净它脸上的牛粪。

这时，监察神突然蹦了出来，手里还拿着一个卷轴，只见他按着耳朵向天庭报告："渎职案件处理完毕，涉事土地神已被处理，请求下一步指示。"

刘波大怒，想要冲过去，却撞在结界墙上。他发现自己被困在很小的隐形结界里，几乎动弹不得。

监察神还在喋喋不休，但刘波听不到他的声音，因为土地神的声音在他耳边响起："刘波，我就知道你肯定会像初次见面时那样对待神像，所以就这样设下了结界的触发条件。一个时辰后，结界会自动解开。不用为我鸣不平，也别做什么傻事，我早知道会有这一天。警告你啊，千万别以为我不在了就能偷懒啊，百亩良田、万贯家财，必须给我实现。我修庙还全指望你呢。要是我被放出来，看见你还顶着闪电，看我不劈死你！"

刘波拳打，脚踢，用身体撞，怎么也无法突破结界。但土地神最后一句话提醒了他，他灵机一动，向下低头，用头上的闪电去划，终于划破结界，冲了出去。

可惜为时已晚，监察神正按流程说到最后一句："这位凡人，祝你生活愉快，记得给个好评哟。"说完，监察神往上飞去。

刘波从怀里掏出一个泥塑——正是他塑的土地神——狠狠地朝着监察神扔去。这次他使的力道真不小，监察神被击中了，喊了一声"哎哟！"就消失在空中。

刘波对着监察神消失的方向大骂道："好评你奶奶个腿！"

就在这时候，另外三个懒汉正躺在路边，眼见着一样东西从空中掉下来，正落在教主身边。

六兽说："老大，天上掉下来个东西，就在你右手边。要不你捡一下？"

教主问："是馅儿饼吗？"

"不是。"

"那不捡。"

三人都没理那东西。

六兽跷着大拇指："不愧是老大。"说完这一句就没了后文。

石老板问："怎么不接着夸了？"

六兽摊手："我懒得去想要夸什么了。"

教主道："老三，你进步了！现在你来当老二吧。"

这时，三人见刘波怒气冲冲地从街角跑出来。他跑得太厉害，经过三人时，扶着墙捂着胸口喘气，似乎在找东西。

石老板看到了刘波，和另两个懒汉对了一下眼神，说道："叛徒！你被除名了！"

六兽和石老板展开卷轴，只见上次写上的"四"再次被画掉，旁边又补了一个"三"字。

教主附和道："你背弃了我们的信念！一天天的，过得那么充实，忙得跟只小蜜蜂似的，你变得好陌生、好可怕！"

六兽说:"老三,你怎么不骂他?"

石老板说:"我懒得生气。"

教主笑了:"你进步也挺神速,老二还是你继续当吧。"

刘波喘足了气,说:"我懒得理你们。土地神被抓走了。我得去救他。你们看没看着天上掉下来一个——噢,在这儿呢。"

刘波捡起那件东西,原来是一张地图。

刘波念道:"253号土地神囚禁处……这不就是后山吗?原来他被压在后山底下。"

教主问:"你是打算愚公移山啊还是力劈华山啊?"

刘波一脸坚定、严肃,指了指头上的闪电:"我要用我头上这道闪电,把后山拉开!"

三个懒汉看着刘波跑远。

六兽摇了摇头:"真不理解,人类就应该用背部着地,他怎么就能那么自然地用两条腿奔跑呢?"

教主说:"别管他了,还是想想咱们三大天王以后咋办吧,总不可能像刘波那样去干活儿吧,那可太可怕了。"

三个懒汉想象自己干活儿的场景,都害怕得摇摇头。

"老二,你说呢?"教主转头问石老板。

石老板答道:"要是有那种只要说话就能赚钱的事就好了。"

六兽和教主眼前一亮,六兽的手向天空比画:"只要说话,就有人笑!"

　　石老板接道:"还有人鼓掌欢呼!"

　　教主露出陶醉的表情:"那该是一个多么美好的世界啊……"

　　三人憧憬地仰望天空。

三
蓝色彗星

Shaoyehewo

"天文专家称,明日凌晨三点,我市上空将有一颗彗星闯入公众的视野,亮度仅次于十九年前的……"

出租车堵在路上,天气闷热,司机开窗探头去看前面的车,一边不耐烦地按喇叭,一边把新闻的声音调大。

"昨日凌晨,两名小偷在石大福金店盗窃价值四百万元、共十五公斤的黄金。目前,警方正在全力调查。据悉,两名犯罪嫌疑人刘某兄弟,是……"

一直沉默的后座乘客忽然说话了:"师傅,麻烦你关掉收音机,我们想安静一会儿。"

司机疑惑地看了看后视镜,关掉广播。他突然有点儿惊恐地说:"同志,我想起来今天还有别的事,不能拉了。反正这会儿也堵得动不了,我不收钱,你下车吧。"

所幸离茱萸山已经不远了。

刘波到达茱萸山时已近傍晚，落日余晖洒在整座山上，他背着个小学生书包，显得十分滑稽。

忽然，后面有人叫他："哥哥，你慢点儿，我跟不上了。"

刘波只好停下来等他，同时回头道："说不让你来，你非要来，关键时刻掉链子。"他一边嫌弃，一边四下张望，好在附近确实没什么人。

"我这不是跑得太急，脚崴了嘛。再说了，你把所有东西都放我身上了，我肯定慢啊。"

"瞎扯，你多少斤？"

"啊？一百三啊。"

"我一百六。这书包撑死了三十斤，咱俩负重其实是一样的。"

刘波继续走。

他弟弟愣住，掰着指头算了半天，终于反应过来，才知道被耍了，于是大喊道："哎，哪有这么算的，欺负我只上过小学啊。"说着，他一瘸一拐地追了上去。

两人终于上到了山顶。那里有一座凉亭，不远处就是万丈悬崖。刘波先到，已经坐在凉亭里休息。弟弟很吃力地走进凉亭，卸下沉重的小学生书包，一屁股坐到地上，一边喘粗气，一边揉着肩膀。

"哎哟，我的天，沉死了。你咋不拿个大点儿的包呢？"弟弟喘着气说道。

"出来着急,就找到这个。"刘波没好气地说。

这时,刘波的手机铃声响了。刘波拿出来,来电显示写着"妈妈",他直接给挂断了。

弟弟却笑嘻嘻地凑上来,说:"咋不接啊?"

刘波瞪了他一眼,说:"你说呢?接了还走得了吗?"

被撅了这一下,弟弟有点儿沮丧,又坐回地上,扒开袜子。原来,他崴了脚,脚踝已经肿起来了。他边揉边说:"我本来也不想走了。哥,要不咱回去吧?"

"都走到这一步了,还回得去吗?"

"回得去啊,原路返回不就回去了吗?"

"我是这意思吗?"

"那你啥意思啊?"

刘波无奈地摇了摇头:"华子,我有时候真羡慕你,心智永远停留在孩子的水平,什么苦恼也没有。"

"怎么没有?"

华子毫无征兆地抽出一根"棍子",说:"你看这根棍子,本来多直,结果这儿岔出一节来,哎哟,苦恼。"

"我说的也不是这种苦恼啊。"

华子嘿嘿傻笑,拿着那根树枝开始挥舞。刘波扭头看着华子,眼前闪过一个模糊的身影。他感到一阵头痛,用力按住了太阳穴。

"哥,你咋了?"

"没事儿,你把那棍子放下。"

"啊?这棍子这么直,你不心动?"

"我心寒,你能不能有个大人样?"

"怎么才算大人样啊,也没人教我啊……"

刘波烦躁地站起身,出了亭子往外走。

华子赶紧问:"哎,你去哪儿啊?"

"撒尿。别跟着啊。"

华子噘了噘嘴。不过他只不开心了一秒,又继续玩起了树枝。他玩了半天,觉得无趣了,心想,哥哥撒个尿怎么去了那么久?他站起来,又四下张望了一遍,没看到哥哥,又嘿嘿地笑了,蹲了下去。书包鼓鼓囊囊的,像要撑爆了一样,他手伸向书包拉链,打算打开书包。

就在这时,远处传来一声尖叫。华子吓了一大跳,蹦了起来。

"哥!你还好吗?哥!"

声音是从悬崖那边传来的。

天越来越黑,华子很害怕,循着声音找去,但是那里空无一人。借着天黑前最后一点儿光,华子一点儿一点儿地挪向悬崖边。

"哥,你别吓我啊,我怕高。"

华子强忍着害怕探头往下看,突然从旁边蹿出一个人,往他的后背上一推,把华子推下了悬崖。

"啊——"山谷里回荡着华子的惨叫声。

推华子的人正是刘波。

刘波满头大汗,腿一软,瘫坐在悬崖边,不停地大喘气。他休息了一会儿,深呼吸了几口气,擦擦额角的汗,开始处理现场。他一边清除脚印一边回到凉亭,然后提起地上的书包,抱在怀里,自语道:"对不起,华子,我没有别的办法了。"

"为什么说对不起啊?"

刘波吓了一跳,转身一看,华子正站在那里。虽然天已经黑下来,但远处城市的灯光把夜空照亮了,只见华子浑身被剐得破破烂烂,还挂着零星的细枝、树叶和苍耳子。

刘波"啊"的一声,往后退了一步。华子向他走来,他不断后退。

华子奇怪地问:"哥,你怎么了?"

"我……你……你不是……怎么……没……事儿吧?"

"哦,没啥事儿啊,就是衣服都被树枝剐破了,你看。"

华子转身给他看后背,衣服被扯出了一个大口子。华子转回身来,看刘波抱着书包,就问:"哎,你抱着包干吗?"

刘波这才意识到自己抱着书包呢。

"你不会是想吃独食吧?"

刘波吓结巴了:"没……没有。"

华子突然傻笑,从兜里掏出一块旺旺雪饼,递上前去,笑嘻嘻地说："嘿嘿嘿，我逗你呢，我提前藏了一块雪饼。"

他竟撕开包装，没事人似的吃了起来。

刘波松了口气，把书包放回地上。他回到悬崖边，再次朝下看了看，这么高的悬崖，掉下去怎么还能活呢？

"怎么会……"他正自言自语，华子不知什么时候过来了。

"看啥呢？"华子靠过来。

刘波吓了一跳，不由得后退一步，摇头道："没什么。"

"这黑咕隆咚的，老高了，小心点儿，别掉下去。"

"啊？嗯……"

"下面石头可多了，摔上去那叫一个疼啊……"

话还没说完，刘波一瞪眼，猛地跨前一步，从正面将华子推了下去。

"啊……"山谷中再次响起惨叫声。这次刘波没有躲，直直地看着下面，确定华子掉到了崖底才缩回脑袋。他喘着粗气，两只手都在抖，赶忙双手互握，这才勉强镇定下来，长长地吐了一口气，自语道："这下应该可以了。"

"什么可以了？"华子的声音从他背后响起。

刘波回头，就见一只血手从悬崖下伸上来，华子居然爬了上来。刘波嘴里咯咯作响，他几乎吓成了木头。

华子身上全是血痕，伤势比上次更重了。他爬上来后拍拍手上的土，盯着地上的什么东西，突然说："妈妈说过，一点儿都不可以。"他突然往前跨了一步，捡起刚才被推下去时掉落在地上的雪饼，举在手里，对刘波说，"浪费可耻！"

只见他吹吹上面的灰尘，自顾自地吃了起来。

刘波半天才能动弹，他尝试着迈动僵硬的腿，夯着胆子走近了两步，伸手碰了碰华子的身体。

"你……是人是……"

华子抬头看着他，雪饼在他嘴里咬得咯吱咯吱响，身上的热汗气直扑面门。刘波换了个问法："你……你怎么上来的？"

"爬上来的啊，我又不会飞。"

"我不是这个意思……"

"我爬的时候一抬头，你猜我看见啥了？"

"啥？"

"彗星。"

"彗星？"

"对，就是那个拖个蓝色的大尾巴的，老好看了。"

刘波抬头看看，只见天空黑沉沉的，一颗星星也没有。

"哎，哥，你说它为啥是蓝色的呢？"

"可能……是因为一氧化碳燃烧吧。"

"哦，一氧化碳是啥？小学没有学过呢。"

"就是……你知道你刚才咋掉下去的吗？"

"知道啊，你推的，不是吗？"

"啊？你知道？"

"对啊，那么大一只佛山无影手，不是你是谁？"

"那你不打算报复我吗？"刘波小心翼翼地问。

"哎呀，没事儿！咱俩从小到大矛盾还少吗？都正常，都能解决。"华子把雪饼吃完了，舔了舔手指头。

"这还正常呢？"刘波惊异于弟弟的脑回路。

"你永远都是我哥，我怎么会怪你呢？"华子说着，从兜里掏出两瓶AD钙奶，递给刘波一瓶，瓶底在滴滴答答地漏奶。

"你喝不？呀，刚才摔下去的时候压漏了。"

华子凑上去，伸出舌头舔瓶底。

刘波缓缓后退，手在身后摸索，摸到了一块铅球大的石头。就在华子把奶吸出声的时候，刘波大喝一声，挥动石头，正中华子的太阳穴。华子倒在地上，鲜血混着AD钙奶，汩汩流了一地。刘波脸上也溅上了鲜血。他面目狰狞，将已经一动不动的华子拖到悬崖边。

此时，远处已经亮起万家灯火。

"华子，谢谢你原谅我，但我要的并不是这个，对不起了。"

刘波将华子的身体推了下去。等了许久，他对山崖下大喊："这次别上来了！了……了……"

这个"了"字回应了好久才消失。刘波瘫坐在地上，他突然一转头，发现一个背着包的男生正目瞪口呆地看着自己。

刘波说："哦，那个……你听我解释，我……他……"

背包客赶紧摆手："没事儿，我什么都没看见，你忙。"说完飞也似的逃下山，留刘波一人愣在原地。

刘波回到凉亭里，怀里紧紧抱着那个小学生书包，眼神空洞，不悲不喜。过了一会儿，头上流着血的华子一瘸一拐地走了过来，坐到他身边。刘波苦笑，一动不动。

"我就知道你还得来，从小到大，你从来就没有听过我的。"

"可是，除了你，我谁都不认识啊。再说，你不都说了会一直陪我玩儿吗？"

"那都是小时候的事儿了！现在我都快三十了，你能不能消失啊？！"刘波的眼泪流了出来。

而华子似乎不为所动，还是说他自己的。

"我消失，去哪儿啊？"

"想去哪儿去哪儿。你知不知道你每天出现在我脑子里对我都是一种折磨？我也有自己的生活，好吗？"

"我也在你的生活里啊。"

"你不在了，早就不在了。我今天来就是要做一个了断。"刘波吼着，一把拉开书包的拉链，抓着包底，口朝下，把里面的东西全倒了出来。全是各种各样的零食，很多都印着只有小学生才会讨论的动画形象。

华子被吓到了，蹲下来摸着满地的零食，抬起头看着刘波："哥……对不起。"

"我不是这个意思。"

华子站起来挠了挠脑袋，想了半天，最后说："哥，别说了。我就一个要求，如果我走了，你就回家，行吗？"

华子看着刘波。刘波不知道说什么。华子抹了一把脸，向悬崖走去。

刘波跟着来到悬崖边。

这时，电话响了。刘波看了一眼，挂断。

"不接吗？"华子面向深黑的悬崖做了个扩胸动作。

"没事儿。"刘波收起了手机。

"别让妈担心，你赶紧回去吧。"华子说着张开了双臂。

"等一下！"刘波喊道。

"干吗？"

"聊聊。"

两人沉默了一会儿，还是华子先开了口："咱们得有二十多年没来这儿吧？"

"十九年。"

"记得这么清楚？"

"嗯。"刘波肯定地说，"十九年十一个月零七天。"

刘波说出这个时间，似乎一下子回到了十九年前。

那时的他只有八岁。茱萸山下，他一边抹眼泪，一边气呼呼地往山上走。后面传来"哥哥""哥哥"的呼唤声。他脚步不停，反而加快了步伐。等到终于走累了，他才在一块大石头上停下来。过了半天，小华才一瘸一拐地追上来，气喘吁吁。

"哥，你慢点儿，我跟不上了。"小华委屈地说。

"跟不上就别跟,我又没让你来,回家去。"

"我这不是跑得太急,脚崴了嘛。"

"那你还不赶紧回家?"

"我不,要回咱一起回。"

小波不理他,转身继续走。

"哎呀,哥,你等等我。"

小波一口气上到了山顶。他还是担心弟弟,并没完全把他落下,中途时常停一停,看他没事儿才继续往上走。

他一口气跑进了凉亭,山顶的风很凉快,他每次委屈的时候都会爬到这里来,似乎山风能吹走他幼小心灵的苦闷。

过了好半天,小华才爬上来。他看到哥哥坐在亭子里,冲过去一把抓住他的胳膊,开心地喊道:"嘿嘿,抓住你了!"

小波白了他一眼:"幼稚。"

小华摇着小波的胳膊说:"哥,你别跟妈妈生气了。你看这天都黑了,山上多吓人啊。"

小波的语气已经平和了:"那你还跟来?"

小华一听这话,摘下了书包,一边打开一边说:"离家出走费体力,我怕你饿着啊。"

他拉开书包,将里面的东西一一拿出来。

"你看,AD 钙奶,雪饼,果冻……"

"这都是你爱吃的呀。"小波看着这些零食说。

"嘿嘿……"小华有点儿尴尬,"也有你爱吃的呀。妈说今晚做红烧肉，咱们现在下山，红烧肉肯定还热乎着呢。"

小波不作声，悄悄地咽了口口水。

小华吃了一块雪饼，又把另一块塞在小波手里："走吧，妈现在肯定担心死了。"

小波推开了那块雪饼，眼泪又流了出来。他用手背一抹眼睛，扭过头去说："我才不信呢，她又不喜欢我，她就喜欢你！"

小华小声地说："妈妈没这么说过。"

"她没说我也看出来了！"小波高声说道，"你学习比我好，长得比我好看，连个儿都比我高，大家都喜欢你！"

"嘿嘿，谢谢。"小华笑了。

"我夸你呢？算了，没人管你！"小波又气鼓鼓的了。

小华用手在哥哥眼前晃晃，小波把头扭到了另一方向。小华想了想，从旁边捡起一根树枝，在哥哥面前舞："哥，你看这根木棒，好直啊！"

"拿开。"

"这么直，你不心动？这可是我的宝剑，你要是不要，我可就出招了。"他摆了个架势，向小波挥去，"一刀两断，如意神剑！"

树枝一头轻轻地打在小波肩上。

"你敢打我！"小波跳起来，也摆了个架势，喊道："飞龙摆尾，丐帮神腿！"

两个人你来我往，打闹起来，很快两个人笑成了一团。

十九年前的事如梦似幻,一闪而过,一句"十九年十一个月零七天",似乎也让华子也想起了那天发生的一切。他冷不丁地捡起之前让他"苦恼"的那根树枝,喊了声"凤舞九天,羽化成仙!",指向刘波的肩头。

这话似乎打动了刘波,他想也没想,两手一挥,应道:"鬼影飘忽,身法如电!"

两个人换着姿势,面对面互相转着圈,变换着"咒语",过了一会儿笑得前仰后合。

最后,两个人终于累得坐到了地上。

刘波看着阴沉沉的天空,说:"现在想想,真有点儿傻。"

华子摇摇头:"傻吗?我觉得可好玩儿了,感觉自己是个大侠,能飞檐走壁。"

刘波笑不出来,两人都安静下来。

"初中……"华子打破了沉默,"好玩儿吗?"

刘波点点头:"还行。"

"高中呢?"

"一般。"

"大学呢?"

"好玩儿。"

"工作呢?"

"生不如死。"

华子笑得像小孩儿:"嘁,幸亏我没工作。"

刘波看向华子,认真地说:"你要是工作了,肯定比我干得好。"

华子摇头:"那可不一定。"

刘波又看向天空:"那天掉下去的是我就好了。"

华子也看向天空,忽然说:"哥,今天晚上有彗星,二十年一遇。"

"这大阴天的哪儿来的彗星?"

华子指向天空:"有,不就在那儿嘛,还是蓝色的。"

刘波看向华子指的方向,仔细看了看:"瞎说,哪儿有啊。"

他回头看向华子,却发现华子变成了小华,小华捡起那根树枝跑向悬崖,举起树枝朝着刘波挥了挥:"哥,再见。"

"哎,别乱跑。危险!华子!华子!"

华子的身影逐渐与十九年前重叠,远处传来一个声音。

"你别跑,他妈的,还想吃独食,老子弄死你。"

"本来就该归我!"

一个黑影突然蹿出来,戴着蒙面套,抱着一个书包,眨眼间就冲到了小华跟前。他喝道:"小崽子,给我闪开!"用手把小华往边上狠狠一扒拉。

小华一个趔趄,踩在一块松动的石头上,脚下一滑,往山下滑去。

"啊!"小华的惨叫声响彻山谷。他勉强抠住崖壁,但还是在往下滑。

小波大喊着"华子"——此时他也变成了小波——冲过去,一把拉住马上要坠下去的弟弟,小华被吊在半空中。

"哥……"

"华子,抓紧了,哥拽你上来。"

后面追的人没管俩小孩儿,继续追背包人去了。

小波使出所有的力气,想要往上拽弟弟。但小华比小波壮许多,小波完全拽不动,只能苦苦坚持,甚至小华开始把小波拉得往下坠了。

眼看二人就都要被拽下山崖。小华抬起眼,看着天。

"哥,放手吧。"

小波拼命摇头:"不,都怪我,如果不是我离家出走,你就不会跟来,是我害了你,是我——"

"哥,彗星的尾巴是蓝色的。"

"你说什么?"

"它离我们好近啊。"

"抓紧了……"

小华松开了手,刘波立刻抓不住了,小华的胳膊在他的手中向下滑去。他最后只能紧紧拽住小华的手腕。小华手腕上戴着一圈五彩绳。最后,小华的手从五彩绳圈中滑出,小华就这样掉了下去。

"华子……啊——"

小波的手中只剩下这根五彩绳，上面的小铃铛在风中叮当作响。小波悲痛欲绝，跪在山崖前放声大哭，一遍遍喊着小华的名字。他又变成了刘波。

刘波哭了许久，一个声音轻轻地在他身后说话。原来，刚才路过的人又返了回来。

"嘿，哥们儿，你没事儿吧？"路人说。

刘波擦干眼泪，摇了摇头。

"我刚才就看你不对劲儿，一会儿舞树枝一会儿倒书包一会儿又摆架势的，别做傻事儿啊，人生路长着呢，看开点儿。"

刘波点点头："我没事儿。这就准备回家了，我弟也让我回家。"

路人松了口气："那行，要是没什么事儿我就走了，这会儿黑了，我有手电，要不一起呗？"

刘波婉言谢绝："不用了，谢谢你啊，我再看一会儿彗星。"

"啊？彗星？"

"是啊，蓝色的彗星。你看，不就在那儿吗？"刘波说着用手指向天空。

"没有啊。今天天阴，哥们儿，我看你还是有点儿不对劲儿，要不你和我一起下山吧？"

就在这时，手机再次响起，刘波接通了电话："喂，妈，我没事儿,我在茱萸山呢。嗯,来看看我弟。"

刘波说着抬起头。

此时,乌云居然散开了,一颗明亮的彗星出现在天空中。

刘波点点头,对着电话说道:"好的,妈,我已经答应弟弟了,我……"他摸了摸手腕上的五彩绳,捡起那根树枝,"这就回家。"

四
悬崖之下

Shaoyehewo

茶馆中，说书先生一拍醒木，开始讲书："上回书我们说到，小龙女身中情花之毒，万念俱灰之下跳下了悬崖，非但没死，反而在崖底找到了解药。上上回书我们说到，张无忌识破了朱长龄的欺骗，被追杀后与小昭双双坠崖，不料却进入了另一个世外桃源，还得到了九阳神功这门绝世武功。上上上回书我们还说到，段誉不小心坠下了无量山的山崖，却意外进入了洞天福地，得到了凌波微步以及北冥神功这两门绝世武功。上上上上回——"

一个书座忽然插嘴道："先生，先生，你停一下，吁——"

说书先生一愣："这位公子，有话请讲。"

"那个……例子够多了，你想表达啥你就直说吧。"

说书先生捻须道："果然后生对这种书已经听得不耐烦了。"

听众中窃窃私语，有人说"剧版都拍了几十版了"，有人说

"光繁体版就看了八遍了"。

说书先生沉吟片刻，笑道："既是如此，今天就为各位书座开一部新书，一首唐诗劝作开场。有道是，要成功，先发疯，不顾一切往下冲。今天啃红薯，明天做盟主。成功小窍门，悬崖下面……"只听醒木清脆一拍，"有——高——人！"

这部书名为《悬崖之下》，自是要从一座悬崖说起。

话说有位有志青年，名叫龙傲天，平生最大志向便是做喜剧。这一天，他不知因何来到一座山上。这里风景如画，清幽，禅静，是修行之地的上佳之选。他站在山峰之上，张开双臂，拥抱空谷，眺观云海，品饮清风，听松聆鸟，饱览日月，想在此处悟得喜剧之最深奥义。哪知他脚下的石头竟是松的，就在他感到自己即将悟道之时，就感觉脚下一空，整个人向前一栽，摔下了悬崖。

那位说了，这又是老一套，龙傲天这名字，一听就是男主角，人中龙凤，霸气外露，睥睨天下，傲视群雄。想必他在悬崖下学得绝世武功，出山后威震江湖。怎么说呢？也对，也不对，你要听我慢慢道来。

话说龙傲天一脚踩空，摔落山崖。在半空中，他想起了自己的父母、自己的伙伴、自己心爱的女孩儿，自己短暂的人生难道就要这样结束了吗？

非也非也，结束了不就没这书了嘛。

他飞落而下，山风扑面，如同坐敞篷飞机。突然，他感到左脚腕被什么东西拽住了，下坠竟停止了。此时的他如同用脚吐丝的蜘蛛侠。原来，一根老藤将他的脚缠住了，他悬在半空中，面前竟然是一个开在绝壁上的大山洞。洞口有一巨石，巨石上有一老者，长髯至腹，长发近腰，须发皆白，仙风道骨，身上穿着兽皮，一看就是个了不起的世外高人。老者盘膝端坐于巨石之上，如坐紫金莲。上面传来这么大的动静，他依然二目微合，不为所动，直到龙傲天弄明白了状况，对他大叫道："老人家，老人家，救救我呀！"

老人双目微睁，轻轻一动，改坐为站，立于巨石上。龙傲天一看，这老者好生面熟，怎么像武侠剧里的人物。再一看，这山洞地面平整，与一般的山洞相比，更像老派布景的摄影棚造景，龙傲天觉得自己的确坠崖了，但坠了个假崖。

老人轻捻胡须，朝他端详片刻，终于开口："想不到，我老人家躲在这悬崖下面三十多年，还是被你找到了。唷，既然你这么有诚意，不惜冒生命危险来找我——"

龙傲天一听，这声音太熟悉了，这不是乔峰吗？似乎还是老年版？但他顾不上那些，直接打断了老者："大爷，您误会了。其实我是从山上掉下来的，要不您先把我放下来？"

老者没搭茬儿，继续说："想当年，我厌倦江湖纷争，这才藏身此地，本想着就此了却残生——"

龙傲天荡着"秋千"朝老者招手："大爷，大爷，您瞅我一眼，嘿！"

"——可想到我这一身绝学就此失传，心中难免有些遗憾，我一直想等一个有缘人，将我毕生所学传授给他。"

龙傲天一直挂在那儿挣扎。功夫不负有心人，他还真把这老藤挣断了，一下子摔进山洞里。这一下摔得可不轻，但好歹脱离了危险，龙傲天挣扎着爬起来，没想到腿又麻又软，直接就跪下了——刚好跪在老者面前。

老者大笑，把手一扬，说道："好！男儿膝下有黄金！既然你诚心诚意地下跪，那我便大发慈悲地收你为徒！"

"不是，我就是腿有点儿麻，您搭把手——"龙傲天请求帮助，老者却背过身走开了，他只得自己扶墙爬起。

老者突然说："不过，我还是要先考验一下你的资质。这样，你先扎一个马步——"他突然转身，正看到龙傲天扶墙半蹲，他再次一扬大手，豪气大笑道，"扎得好！我同意教你了！"

"别闹了，大爷，我没空陪您玩儿，我很忙。我得赶紧上去，一年一度喜剧大会等着我的新作品呢。"

老者突然没了气势，失望道："唉，忙，忙，都忙。"他一转身，往山洞深处去了。

龙傲天休息了半天，开始想着怎么上去。山洞里黑漆漆的，他不敢往里去，便向洞里叫道："老人家！老人家？"

洞里空有回音，没人答话。

"也罢，我就不信我龙傲天上不去。"

他先是试了试从洞口垂下来的树藤，感觉它们不太结实，然后又试着踩岩缝，结果刚爬两米就摔了下来。好在他是从洞里爬的，还是摔在洞里。他忙活了大半天，折腾得满头大汗，还是一筹莫展。

这时，他听到老者在洞中说："后生仔，你还真是倔强啊。"

龙傲天喘着气道："没时间跟你废话了，我得赶紧上去！"

"呵呵，这崖高十余丈，猿猴难攀，就凭你——"老者走了过来。

一听"十余丈"三个字，龙傲天突然想起自己还有钩索，不禁暗骂自己糊涂，怎么连这事儿都忘了。他马上解下腰间的钩索，朝崖上甩。那铁钩正好卡在一处岩缝里。龙傲天扯了扯，还挺结实。

龙傲天对已经呆住的老者笑了笑，说道："老人家，拜拜喽。"

他说完就开始爬，可刚爬了一点儿，绳索竟突然断掉，他摔了下来，好在刚开始爬，还是摔在洞里。

"呵呵，我早提醒过你，你上不去的。"老者笑道。

龙傲天揉着摔疼的屁股，把绳索捡起来一看。断口齐齐整整，明显是被利刃割断的。他抬头一看，老者手里有一把飞刀。

龙傲天怒道："你手里拿的是什么？"

老者赶忙扔掉飞刀。龙傲天气不打一处来，绳索就这一根，现在是真的没办法了。龙傲天一赌气，再次抓着藤条往上爬。

老者觉得过意不去，在边上说："徒儿，只要你学会为师的绝学，就一定能够上去。"

"不用说了，我是不会学的。"

龙傲天继续想办法往上爬。可能是因为之前积累了经验，龙傲天这次爬得顺利了不少，居然慢慢地往上去。然而，在他就要到达洞口上面时，藤条竟突然着火了，龙傲天赶紧跳下来，只见老者正吹灭手里的火把，神色微妙，说道："徒儿，好好跟为师学——"

龙傲天看看光秃秃的山壁，现在藤条已经被烧光了，一点儿能抓的东西都没有了。他发了狠，甩掉外套，里面竟是一套夜行衣。他瞪了一眼老者，哼了一声，徒手抠着岩缝又开始爬。不知是不是因为脱了外套，这次他竟爬得异常顺利。他得意地朝老者笑，却惊住了。

不知老者从哪里掏出来一门红衣大炮，黑洞洞的炮口正朝着他，火信已经点着，嗞嗞作响。

这次老者没说话，龙傲天大喊一声"我学！"就跳了下来。

大炮应声发射,正中洞口,一声巨响,整个洞口黑烟迷漫。

过了好半天,烟雾散去,两人都一脸黑,连声咳嗽。

老者断断续续地说:"后生仔……早答应不就好了……非要逼我……搞得这么粗暴。"

龙傲天咳了一阵,说:"我学会就能上去了?"

"肯定能。"

"好,那你教吧。"

接下来,让龙傲天惊呆的一幕发生了。

老者竟递上一张早已泛黄、皱巴巴的价目单,上面有个表格,左边一列写着内功、轻功、中国古拳法、剑术、暗器等,右边一列是价码。与此同时,老者还推过来一个捐款箱,箱子上写着"人人有功练"。

龙傲天指着这两个东西问道:"啥……啥意思?"

"哎,你不要误会,这钱不是给我的,而是为了捐给那些穷困之人,让大家不只人人有书读,还人人有功练——"

"你非要教我还让我拿钱?我可是学生!"

"学生了不起啊!"

龙傲天转身就要走。

老者赶紧改了语气,说道:"学生当然了不起,钱的事以后再说,我主要是欣赏你的资质。你想学什么?"

龙傲天想也没想就说:"轻功!这样我就能上去了!"

"没问题,不过,我可是很严格的。"

"开始吧！"

于是，龙傲天开始了他的"轻功"学习，无非打拳踢腿、抻筋拔骨，加上仰卧起坐、俯卧撑、高抬腿、深蹲等。老者果然十分严格，龙傲天稍有做得不到位的地方，就会被甘蔗伺候——老者的体罚工具是一截甘蔗。

时光流逝，一晃半年过去了。

一天，老者说："徒儿，你的轻功已有小成。"随即递过去一台体重秤。

龙傲天听师父说自己已有小成，十分激动，便深吸一口气，站上体重秤，然后惊喜地说："师父！我轻了，轻了十斤！"

老者捻须微笑说："那是自然，以我的修为、你的天资，学这点儿轻功还不是手到擒来？"

龙傲天听着觉得不对，这才反应过来原来所谓的轻功就是体重减轻，气得拎起体重秤扔向老者："你把这叫'轻功'啊！我不学了！"

龙傲天再次要走，老者立马像八爪鱼一样缠在他腿上。

龙傲天大喊："放手。"

"不放！"

"我让你放手！"

"我就不放！"

"你——练武这事儿，是勉强不来的。"

"可我偏要勉强！"

"唉，你这是何苦呢？你就算留住我的人，也留不住我的——人你也别想留，走开啦。"

龙傲天用力挣开，又像之前一样往上爬。他刚爬两下就又听到了红衣大炮推出来的声音，再看时，炮口又已经对准他。他还没喊出"我学"，炮就发射了，还好他松手及时，摔在洞里，这才没和山洞顶一起炸飞。

一声巨响过后，黑烟弥漫，两个人都又变成了"黑"人。

等黑烟散尽，龙傲天目光呆滞，老者沉默不语。

过了许久，老者才悠悠说道："学武，最重要的就是开心喽。既然你不喜欢，那我就教你些别的。你想学什么？"

龙傲天想来想去，觉得自己反正逃不出去，就说："你可会什么医术？"

老者笑了："医术嘛，湿湿碎（小意思）啦。"

第二天，龙傲天的医术学习就开始了。

老者不知从哪里弄来一个木桶，让他坐在里面，盖上盖子，只露出脑袋。木桶下面放着一些烧热的石块。然后，老者舀了一瓢凉水浇上去，只听刺的一声，腾起一团雾，飘到木桶上方。

龙傲天满足地"啊"了一声。

老者问:"怎么样,舒服吧?"

"舒服。这叫什么啊?"

"这是我自己研究的,叫作蒸浴,可以促进血液循环、新陈代谢。"

"想不到在山崖之中还能有水沐浴,一定来之不易吧?"

"那当然,我都是趁下雨的时候出去接一点儿,积少成多。里面还加入了几味中药。"

"都加了啥啊?"

"万年霜、千年冰、轮回酒、还原汤。"

龙傲天琢磨了一下,突然崩溃,大喊道:"全是尿啊!"他一把掀掉木桶盖子,三两下穿上衣服就要跑。

老者边喊边追:"你别走啊,高汤是这样的,越久越醇!"

龙傲天吃两堑长一智,这次他先占领了红衣大炮,掉转炮口对准老者,一只手握着烧着的火信子。

老者跪下了,哭喊道:"求求你,让我教你吧!"

"你教的都是什么啊?!你会什么啊?为什么啊?你到底为什么一定要教我啊?!"

"那是一个很长很长的故事——"

"那我不听了。"

"那我快点儿说!"

老者的故事是这样的。

几年前,新的武林盟主诞生了,正是阿强的徒弟。谁也没想到,阿强能教出这么一个徒弟。

几位武林高人坐在一起讨论,老者也在其中。他问道:"阿强明明武功平平,为什么后生仔都愿意去拜他为师呢?"

有人说:"阿强虽然打架不行,但是会营销啊。"

"怎么营销?"

"他自己承包了一座山,在山崖底下盖了个小别墅,又找了一堆说书先生放出风去,说山崖底下有高人。那帮后生仔懂什么?一听有高人就都去了。那么高的山,能下去的都是系叻仔(聪明的男孩),就被阿强收了徒弟。"

"阿强这个扑街(浑蛋)!根本就是骗人!我们不能这么干!"老者愤怒道。

"当然,我们没有这么扑街!"

然而,老者当天就"吸收"了阿强的高招,到山中找山洞了。其实他早就知道有一个理想的山洞,他还在那个山洞里藏了东西,是时候让它成为自己的"收徒室"了。然而等他到达那个山洞时,里面竟然有人。先前聚在一起聊天的那几个人全在里面,此时正大打出手,胡子眉毛被抓得乱飞,彼此边打还边斗嘴。

"我先来的,这山洞应该归我!"

"放屁,我脚先落地的,应该是我先来的!"

"你还好意思说,你一米四的身高三尺厚的鞋底,当然是你先落地了，你怎么不踩高跷呢？"

"你讽刺我，菜花点穴手！"

"敢打我！降狗十八掌！"

"乾坤大挪车！"

"六兽神剑！"

老者赶忙上前劝架，结果被误伤倒地。他狼狈地爬起来，边整理乱发边喊："你们不要再打了！不要打！"

结果没人理他，他不得不使出狗吠功，高喊道："你们不要再打了啦！"

众人被这么一喝，终于停手了，一齐看向他。

老者说道："我们不是说好不学阿强那个扑街吗？结果现在都跑来抢山洞！你看看你们现在的样子，哪儿还有半点儿世外高人的样子！"

几个人面面相觑，面露愧色。

老者见大家听进去了，继续说："我知道大家都想找个好徒弟，那我们更应该以身作则，给后生仔做好表率。"

大家也打累了，纷纷整理凌乱的衣服和头发，捡起打掉的东西，准备离开。

老者看着他们，以手示意大家好走，嘴里说着："都回去吧，徒弟要收，但不是这么个收法。"他自己却不动步。等不少人已经走出一段距离，他开始慢慢往洞口移动。

这时，有人回头看他，发现了他的意图，带头喊道：

"这个扑街想进洞,打他!"

众人一拥而上,抓住老者,眼看又要打起来。

老者高喊道:"停!这么下去也不是办法,不如我们剪刀石头布!"

大家面面相觑。过了一会儿,大家表示同意,决定现在就比。于是,他们围在一起,同时出手,就这样比了几轮也没有结果。

突然,一个眼尖的人发现少了一只手。他刚说"少了个人……"就听后面传来隆隆的声响,有什么东西被推出来了。

大家循声望去,只见一门红衣大炮已经架好,黑黑的炮口正对着人群。

老者手中拿着火信子,一边点引线一边嘿嘿笑着说:"我出炮。"

只听一声巨响……从此,这山洞归了老者。他庆幸自己当年英明,怎么就想着把一门炮藏到这山洞里呢?想着想着,他已经来到了书馆。

"各位,说到这里了,咱们就说回去了。这老者就找到了我,让我这说书的去给他说一部书,好让后生仔听了去找他拜师。他给我讲了讲。我说,不行。为什么?太老套了,全都是掉下山崖,有个老头儿等着,要么给本书,要么给点儿药。这种书,后生仔不爱听啊。

"他问我：'那后生仔爱听什么？'

"我琢磨着，说：'神仙流，现在后生仔就爱听神仙谈恋爱——几生几世没完没了，甜得发腻那种。'哎，说得我想吐。

"老者说，谈恋爱，他这把年纪怕是不行了，让我再想想办法。

"我说，'宅斗流'怎么样？就是深宅大院里，庶女斗嫡女、小妾斗正妻的。哎，但前提是反面人物不能成功啊。

"老者头摇得像拨浪鼓。他说：'我连恋爱都没谈过更何谈有家室啊？您再想想办法。'

"我一想，那……那就只能搞'喜剧流'啦。

"结果他听到这个，反应最大，还啐了一口，说：'哪个正经人会搞喜剧啊。呸！'

"我是实在没招儿了，就说：'好，我就将各家流派融会贯通，帮你来一个'无限流'吧。'

"他问我啥叫无限流。我哪知道啊，就说：'这是我瞎编的，看在你给了我点儿钱的分儿上，给你随便乱编点儿啥，能骗到谁就算谁呗。'

"这老者同意了，他也没法不同意。结果你猜怎么着，听完我这书啊，还真不含糊，后生仔一个挨一个地去给他送'头'。你能相信吗？他那山洞也是缺德，你说你开个山道，让人爬上去不好吗？结果硬是一个接一个地去送，这老头儿也真够拉胯，人家一个一个地往下掉，他愣是一个一个地接不着，好在下面是条河，否则会误了多少年轻后生的性命啊！他这才想到用笨办法在山壁上种了灌木和劲藤。嘿，还真挂住了一个龙傲天。本来我以为是我这书魅力大，这龙傲天一拒绝，我才知道是这老者专门在山顶弄松了一块石头。我这评书中还经常植入那座山峰的旅游广告，这才坑得那么多人落下去。原来我被他利用啦，他真是缺了大德喽！"

话说这龙傲天听老者讲完这段前事，激动的情绪有所平复，没那么激烈了，只听老者说："我就想教个好徒弟，把他培养成武林盟主，在阿强面前露露脸，也不枉我在山底下等了几十年。"

龙傲天说："你刚刚才说的是几年前，怎么又成几十年了？"

"这不是显得我一腔挚诚嘛。"

龙傲天在山洞里踱来踱去，最后叹了口气，将老者扶起来，说道："唉，你这也不容易，反正我现在也上不去了，那就拜你为师吧！"

"真的？！太谢谢你了！"老者从地上蹦了起来。

"可是你得教我真东西，那什么'轻功''尿桑拿'可别再拿出来硌硬人了。"

"好，为师一定将毕生绝学传授给你！"

"来吧，师父，我准备好了！现在就开始吧！"

"好，徒儿上眼，看我的看家绝学。"

老者说完就开始打拳。开始的几下似乎还有模有样，很快，他就露出原形，身子歪七扭八，绵软无力，还有几个仿佛练习过一段时间的胯下运球动作，最后竟以石头剪刀布收势。

龙傲天等了一会儿，确定老者的"看家绝学"表演真的结束了，才问道："……师父，这是何拳？"

"野球拳。"

龙傲天点燃了大炮，一声巨响，山洞又被炸了。

过了很久黑烟才散尽，老者费力地从地上爬起来，从怀中摸出一本书来。他满脸黑，口中喃喃道："后生仔火气太旺，这是我师父当年留给我的我们门派的镇派秘籍，不过我师父说，天赋极高者才能学会。"

龙傲天气消了一些，接过这本书，翻看起来。

老者靠坐在墙上，不知从哪儿摸出个葫芦，仰头喝水，继续说："资质好的，二十年可学得皮毛；资质极高的，十年可窥门径；天纵英才的，也要五年才能融会贯通。所以，我劝你还是从野球拳开始学，先打好基础嘛。"

等他把葫芦放下来，看到龙傲天已经把秘籍扔到一边，手上捏了个剑诀，口中念道："天、外、飞、仙！"

话音一落，就见山崖底下飞出无数宝剑，寒光逼人，威风无比，悬在龙傲天面前。

老者惊得手中葫芦掉到了地上。就见龙傲天跳上其中一把剑，对老者一抱拳，说道："谢谢师父！后会有期！"言毕化作一道彩光，御剑而去。

老者站起身追出几步，只见那道彩光很快就飞远了，最后变成了天空中的一颗星星。

老者没想到，这秘籍居然是真的！他大声自责："唉！早知道我也练练了！唉唉唉！"

他捶胸顿足，不知不觉使出了"蛤蟆腿功"拼命跺脚，就听"轰"的一声，地面突然塌陷，他掉了下去。

过了好一会儿，土块、碎石和尘土才落下来，老者瞪大眼睛，发现自己居然身在一个大山洞里，而自己在上面这么久，竟从来不知道这个地方。他看到里面点起了一支火把，一个比他更苍老的声音说："呵呵呵呵，我挖了这么久的洞，终于掉下来一个。"

一个人应声而出，只见一个衣衫褴褛、比他更老的人被五花大绑在一块巨石上。

老者纳闷地说："奇怪，这一幕我怎么好像看过，这不是什么倚天什么记电影里的吗？可我身边也没有美女啊。"

这个更老者道："后生仔，想不想学功夫啊？"

老者这才看清此人可怖的形象，惊道："你是谁？！这是哪儿？！我要回家！"

"回家,学会功夫你就能回家了。"那块大石似乎能被这个更老者控制,向老者迫近。

老者大叫:"你不要过来,再过来,我就要叫了!"

"你叫破喉咙也不会有人来救你的,快和我学功夫吧!我来教你天外飞仙,你学会了就能出去啦!"

"啊?天外飞仙!难道这就是所谓的无限流吗?救命啊!"

五
光明荣耀

Shaoyehewo

房间昏暗，响着规律的锤击声，如同复仇者的心跳，一个人正手持射钉枪往墙上射钉，一枚枚钢钉正将一张张人像照片钉在墙上。照片里的人有的在吃饭，有的在逛商场，显然他们并不知道自己被拍了下来。那些照片在墙板上如图谱般分布。射钉人拿起一支血红色的笔，用红色的箭头将它们串联起来。

这人戴着手套，穿着黑色跨栏背心，后背和胳膊上满是瘀青，一抹冷酷的笑在他的嘴角浮起，他阴森森地自语道："亲爱的刘波，你还记得我以前很讨厌夏天吗？"

这人正是龙傲天。

事情要从十七年前的夏天说起。

当时龙傲天上初二，刚刚转到一个新学校。第一天放学，他经过一个以后要天天路过的小巷口，发现有人把他回家的路拦住了。正是他还没认全的同学,其中有吕严、马旭东。这两人叉着腰,横鼻子竖眼,指着小巷深处让他进去。他知道来者不善,便掉头想跑,却发现后面已被张晓婉、管乐等几个同学包抄。他无路可退,在他们的步步紧逼下,只得退进那条小巷。

几人将他逼到墙角后,从他们背后又走过来一人。这几人闪开路,龙傲天看到来者也是他的同学刘波。

刘波来到近前,来回打量龙傲天,轻蔑地笑问:"你就是龙傲天?"

龙傲天胆怯地点点头。

"听吴老师说,你语文年级倒数第一啊。"

"哈哈哈哈……"围着的几人哄笑,龙傲天羞愤地低下头去。

这个画面他至今难以忘怀。

还有一次上体育课,他被几个人摁住,吕严要往他嘴里灌东西,他硬是咬紧牙关闭紧嘴巴,不肯喝。

吕严没办法,只得回头叫刘波:"班长,他不喝啊!"

就听刘波道:"真没用,都让开!"

然后,他的嘴就被一双劲儿大的手捏开,将那东西强行灌入他嘴里,他呛得直咳嗽。

而龙傲天最无法忘记的是那枚五分钱硬币。

那天,在教室里,他低头坐着,鼻血滴到了试卷上。

刘波的声音从他脑袋上方传来:"把他衣服脱了!脱了!"

他拼命摇头,但还是感到有几只手来脱他的衣服。

最后,他的衣服被无情地脱掉了,刘波说:"按住他。"

他的头被摁下去,就在这时,刘波将一枚硬币拿到他眼前,嘴里发出一阵狞笑。他痛苦地号叫起来。

"十七年了。"龙傲天继续在暗室中自言自语,"拜你所赐,现在我有了解决方案。一个月前我就在整理照片了。马旭东、吕严、张晓婉、管乐……你们给我等着,一切都是要还的。找你们还真费了不少时间啊。"

他继续钉照片,每钉一下就传出一声锤击,同时他拿起那支画箭头的红笔,在每照片的人脸上都打上红叉。

不一会儿,他拿起了最后一张。照片上,马、吕等人穿着初中校服围着龙傲天开怀大笑,龙傲天却光着上身,胳膊和后背上全是大片的血檩子,如同受了刑。这些伤痕一直留到今天。他在这张照片中那几个人的脸上也一个个打上红叉,只剩下刘波还在一脸坏笑地比着剪刀手。

"现在终于轮到你了。刘波啊,我真的很期待,当你推开这扇门进来的那一刻,你会说什么……"他盯着照片上的刘波说,"叮"的一声,也将它钉在墙上。

没想到,门应声而开,进来的不是刘波,而是一个穿着睡衣的大爷。

大爷面露不悦，操着唐山话不耐烦道："大中午的咣咣咣地装修，还不关门，让不让人睡觉了？"

龙傲天阴暗狠毒的表情瞬间消失，变成了一副讨好的模样，他赶紧低头认错："对不起，对不起。"

大爷说完摔门而出，咣的一声，墙上的照片全部被震落了。

龙傲天十分无奈，但脸上很快恢复了之前的神情，说："哼，无论如何，马上就会轮到你了。"

此时刘波并不知道自己即将面临的是什么，他的生活十分平静，上班、下班，最近追赶风尚，开始健身了。

健身房里总是气氛热烈，大家挥洒着汗水，对着镜子欣赏自己自信的神情。但像很多事一样，健身的人里也有混事的，这类人属于"安慰性健身"，健身在其次，重要的是使自己以为自己健身了。刘波就是其中一位，他的表情和边上的健身达人一模一样——只有表情是一样的。

一个健身教练从边上经过。他向刘波推销了几次私教课程都没成功，已经放弃了。此时，他瞅了一眼刘波，随口说道："哥，练得不错啊。"

"是吗？一般吧，我感觉可能到瓶颈期了，这维度就是上不去，不知道怎么突破。"

教练尴尬而不失礼貌地笑了笑，走了。

有一个人已经悄悄移动到刘波身后的柱子后面，刘波与教练的对话，他听得一清二楚。不但如此，他还看到刘波正在拉的器械用的是最低配重。之后，刘波去了一趟厕所，一路上还不忘对着镜子展示自己的小细胳膊。看见的人都用力忍住，才没笑出声。

"我再来一组！"刘波回来之后给自己鼓劲儿。

他坐回器械旁，攒足力气，奋力一拉，结果自己被拉了起来。他惨叫一声，再一看，配重被加了几十斤。他忍着肌肉撕裂的疼痛大吼道："谁？！谁改我的配重了？！"

那根柱子后的人微微一笑，举起相机，拍下这幅所谓的奋力"突破瓶颈"的画面，同时自语道："不用谢我，我龙傲天今天就帮你突破瓶颈，加油吧。"

龙傲天很得意，随着健身房里节奏明快的音乐慢慢离去。可他刚走两步，迎面过来几个保安把他包围了。边上有人操着唐山话指着他说："揍（就）是他，揍（就）是他在这儿到处偷拍。"说话的竟是那个闯暗室的大爷，就是他把保安们带过来的。

龙傲天百口莫辩，保安们冲上来就把他放倒了。

龙傲天大声分辩："不是，我不是变态，我……我办卡还不行吗？"保安们没理他，还是像抬门板一样把他抬出了健身房。

刘波听到热闹，已经忍着胳膊的疼靠了过来。

保安抬着龙傲天恰好经过他的身边，刘波看见了龙傲天，觉得有些眼熟。奇怪，这是谁呢？

刘波并没意识到健身房发生的事意味着什么，他的胳膊虽痛，但一件马上要到来的高兴事冲淡了一切不适——他要向女友求婚了。

这天，他早早地来到餐厅，领班告诉他，香槟、蛋糕、乐队早已就绪。即使如此，他还是十分紧张。而比他更紧张的是另一个待在暗处的人。

女孩儿终于来了，打扮得光彩照人，巧笑嫣然。

刘波双眼放光，赶忙起身，想张开双臂去拥抱她，结果发出一声惨叫，差点儿坐回去。

女孩儿赶紧上前，把他扶住，问道："波波，你怎么了？"

刘波痛苦道："嘿，别提了，不知道哪个孙子嫉妒我的肌肉，给我胳膊整错位了。"

"你的男子气概已经爆表了，就不要再练那么狠了吧？"

"哎呀……讨厌讨厌。"

"哎呀……害羞害羞。"

刘波的心怦怦跳着，他握着女孩儿的手，先转头看了一眼领班。领班对他比了个"OK"。他伸进口袋里摸到了戒指盒，准备往外拿，同时深吸一口气，说道："珍珍，虽然咱俩只交往了三个月零八天十四小时五十五分，但是今天我还是想正式地对你说——"

刘波正往外掏戒指，女孩儿立马意识到了什么，按住他的手，说："等一下，这么重要的场合，我得补个妆。"

女孩儿笑着起身离去。而那个在暗处的人比她更快地离开了。

女孩儿来到洗手间，轻轻哼着歌，拿出化妆包，先化了一只眼睛，然后低头换样东西。等她再抬头，突然在镜子里看到背后站着一个人，她吓了一大跳，正要尖叫，这人反而先开了口。

"学历造假，年龄造假，五官造假，连发际线都造假，怎么着，是觉得我们刘波傻吗？我龙傲天今天就来揭穿你的假面具！"

女孩儿转身道："你说谁造假？"

"说的就是你——林菲菲！"

"林菲菲？那是他前女友吧？"

龙傲天一愣，赶紧拿出手机看他先前收集的资料。

"还嘴硬，我这儿可有相片……果然不是你！"

龙傲天冷汗直流，赶紧把资料往后翻，随即镇定下来，笑道："那欠了十几万网贷还沉迷赌博、父母身体不好、没有'双保'还是个'扶弟魔'，我没说错吧，王安安？"

"王安安又是谁？你是个疯子吧？我叫陆珍珍。"

龙傲天倒吸一口冷气，开始啃指甲。资料已经到底了，他只好尴尬地自语道："原来刘波的喜好是ABB（三字组词形式）啊。"

女孩儿这才反应过来，反问道："你谁啊？为什么那么在意刘波跟谁在一起？"

龙傲天强作镇定，赶紧在手机里找音乐。几秒钟后，他手机播放起《我的野蛮女友》，他将手机举到前面，重新摆起范儿冷笑道："你不需要知道我是谁，但你需要遵守以下几个规则。第一，在咖啡馆一定要喝咖啡，不要喝可乐或橙汁；第二，如果他打你，一定要装得很痛，如果真的很痛，那要装得不痛；第三，如果他的鞋穿着不舒服，一定和他换鞋穿；第四，要随时做好蹲监狱的思想准备——"

他刚说到这里，一个墩布扫了过来，一记"闷墩布"把他击倒。手机落地，音乐戛然而止。

一个保洁大妈举着墩布上前道："你钻进女厕所时我就发现你了。没想到你不但变态，还这么啰唆。什么叫'他打你，一定要装得很痛'？姑娘，家暴只有零次和无数次，咱们女性要零容忍，我已经叫人了，他跑不了。"

"您说得对，我跆拳道八段，还不定谁打谁呢。"

"就是，还跟他换鞋，万一他有脚气呢？"

"我不蹲监狱，谁爱蹲谁蹲……"

龙傲天在地上喃喃道："这是重点吗？"

这时，保安们到了，在厕所外喊了一声："周阿姨，你在里面吗？"

保洁大妈答道："进来吧！我们已经把变态制伏了！"

保安们冲了进来，像健身房的人抬门一样把龙傲天抬了出去。

不知为何那个大爷居然也在这里，他操着唐山话道："揍

（就）是这个变态，我在路上碰见他就一直跟着，没想到他还真的跑女厕所偷拍去了。"

龙傲天已经无力反驳，只在经过刘波时喃喃说道："不用谢，我的目的就是确保你的幸福。"

刘波看了一眼。这个场面似曾相识，这个人，他好像不久前就见过。他望着被抬走的龙傲天正琢磨，回头一看，女孩儿已经回来了。她没有坐下来，而是在他面前一站，双手撑在桌子上，脸往前凑。

刘波赶紧一边往外掏戒指，一边说："亲爱的，你真美……你只化了一只眼睛啊。"

"这是重点吗？"

"不是吗？"不知为何，刘波的手卡在口袋里，竟然掏不出来，他一使劲儿，胳膊又撕裂般地疼痛。

"我现在终于想通了以前一直没想通的问题。为什么你这么懂女孩儿的心思？为什么你这么弱，连我都打不过还这么爱健身？为什么逛街选衣服你总能帮我出建设性的意见？最重要的是，为什么你连我只化了一只眼睛都能看出来？"

刘波忍着胳膊疼，哭道："这……是个人就能看出来吧？"

"刘波，正视你自己，我们分手吧。"

女孩儿转身就走了。刘波愣在原地。

"为什么啊？珍珍，这是为什么啊……"他想起身追出去，胳膊疼得让他又坐了回去。

他看着女孩儿快步离去的背影，赶紧拿出手机想打电话，却发现自己已经被拉黑了。

刘波走在路上，回想着最近发生的事，越发确定两次被抬出去的是同一个人，而那个人必定是自己认识的。他正想着，手机响了，他看也没看，接通就喊道："珍珍！"

"珍个什么珍，我是你妈！"电话那边说道，"波儿啊，忙得连自己的生日都忘了吧？妈给你包了你最爱吃的韭菜鸡蛋馅儿饺子，赶紧回来。"

"可是，妈，我最爱吃的是酸菜猪肉馅儿啊。"

"啊，是吗？这不重要，重要的是有个惊喜，赶紧回来！"

刘波挂上电话后开始纳闷儿："我妈会包饺子？"

接着他更纳闷儿了："我今天生日？"

由于这连续的惊吓，他已经不想要什么惊喜了，只要别再来惊吓就行，可他隐隐有一种不祥的预感。

刘波的预感是有道理的。此时，龙傲天正站在刘波妈妈边上，两手都是面，一盘饺子已经包完，整整齐齐地排在锅盖上。

刘波妈妈挂断电话，不好意思地冲龙傲天一笑，说："见笑了啊。冒昧地问一句，师傅，你们这种自己带菜上门做饭的业务能赚到钱吗？"

龙傲天笑道："阿姨，我干这事儿，不是为了钱。"

"那是为了啥？"

"很久以前，有个人告诉我，他做很多事是不求回报的。我想让他知道，我会回报他。"

刘波妈妈似懂非懂。

"那我能知道你的名字吗？"

龙傲天站直了身子，清清嗓子，道："要问我是谁，龙傲天就是我，我就是龙傲天。"

刘波妈妈被他这突如其来的范儿惊了一下："……哦。"

"既然如此……"龙傲天看看满桌的饺子，"您儿子也要回来了，我也要走了。"

"谢谢你了啊！特地来给我儿子准备生日惊喜，虽然说我儿子好像不是今天过生日，但这饺子真是漂亮！"

"是啊，如果能再有一瓢辽河水，可就太圆满了。再见，阿姨！"

龙傲天拍拍手上的面，走了。

而这时刘波已经到了附近。

两人距离不远不近地对向走过，刘波怀疑自己看错了。这不是今天在饭店、前几天在健身房那个两次被保安抬走的人吗？怪了，莫非这人真的和自己有关？他回头看看，那人已经不见了，走得真是快。他的注意力短暂分散了一点儿，又回到失恋的痛苦上，加上胳膊的疼痛，今天真是糟透了。

刘波一回到家，妈妈就给了他一个大大的拥抱，说道："儿子，生日快乐！"

刘波感到十分温暖，眼泪流了下来。

母子俩拥抱了一会儿，他说："妈，我生日怎么改今天了？"

"不是今天也可以今天过，水已经开了，我这就把饺子下锅。是你最爱吃的韭菜鸡蛋馅儿。"

"妈，我最爱吃的是酸菜猪肉馅儿啊。不过，妈，你不是不会包饺子吗？"

"不会还不能学吗？"刘波妈妈摊开双手，连手带围裙上都沾着细细的白面。

刘波哭道："没想到，三十年了，我竟然头一次吃饺子不用吃速冻的了，在如此倒霉的今天，你知道这对我意味着什么吗——妈！"

刘波话没说完，妈妈已经夹起一个饺子塞进他嘴里。结果饺子太烫，刘波嚼都没嚼就吞了下去，他只好捂着胃，后面的话也给烫没了。

刘波妈妈看着他的眼泪，以为他是感动了，就说："快吃吧，再煽会儿情，这饺子就死了。"

刘波终于缓了过来，开口道："吃这么烫的，饺子还没死，我就先死了。"

刘波也不想再问别的，饺子烫归烫，味道还真是不错。妈妈把饺子全部盛好，端上桌。两个人倒了醋碟，吃起来，家中充满温馨的味道。

这种温馨并不独属于刘波娘俩，在对面楼的天台上，有个人正用望远镜监视着这一切。他喃喃自语："我龙傲天以我的'傲'字对天祈祷，刘波啊，你一定要吃到啊……"就在这时，他看到刘波妈妈一捂嘴，他惊呼："Oh, no!"

他正要捶胸顿足，却见刘波妈妈的手拿开了，她只是向刘波龇了龇牙，并没有吐出什么，好像在问牙缝里是不是塞了东西。

龙傲天放下心来，而刘波妈妈又一捂嘴，他又紧张起来，喊道："Oh, no! No!"

但刘波妈妈又放下手来，害羞得一笑，好像只是因为刘波说了好听的话。

就在这几分钟里，刘波妈妈数次捂嘴，每次都把龙傲天吓一跳，龙傲天的心情跟着刘波妈妈的动作起起伏伏，如同坐过山车。后来，他就麻木了，自语道："吃个饺子咋这么多戏呢？"

就在此时，刘波妈妈又一次捂嘴。龙傲天毫无波澜地耸耸肩。而这次，她盯着刘波。龙傲天赶紧看向刘波，只见刘波嘴里流出血来。刘波妈妈睁大双眼，惊讶地问了句什么。刘波咧着嘴，吐出两颗血淋淋的牙，只见他哭丧着脸，不一会儿又吐出一个东西。他扒拉干净后举到妈妈面前。那是一枚五分钱硬币。

龙傲天在望远镜里看到这一幕，整个人都要沸腾了。他折腾了半个晚上，就是为了这一幕。这时他掏出一个遥控器，喊道：

"它来了它来了,高潮终于到来了!"

龙傲天按下了遥控器。

这个遥控器的"射程"还真够远。对面楼里,刘波家中有一个声音应"按"而响:"对所有的烦恼说拜拜,对所有的快乐说hi hi……"

不知道这声音是从什么地方发出来的。刘波本来还在质问妈妈硬币的事,这会儿就觉得这声音不是从别处,而是从自己的胃里发出来的,他的脸顿时完全变得像苦瓜。

他哭着问道:"妈,除了硬币,你还包了啥?第一个饺子我可没嚼,你把什么黑魔法还是黑科技给包进去了?"他说话已经漏风了。

而对面的天台上,龙傲天已经手舞足蹈,跟着他其实听不见的音乐大声唱了起来:"对所有的烦恼说拜拜……"

他没得意多久,就发现一群保安冲上了天台。为首的居然是在厕所里用墩布把他闷倒的大妈。原来,这位大妈也住在这个小区。下班回来的时候,她就看到他把望远镜往天台上搬,于是向物业举报。但物业不想管。现在他唱歌扰民,被多个业主投诉,大妈再次投诉,这才带着保安们来到天台上。

大妈指着龙傲天说:"这个变态在女厕所就被我抓过,现在又在这里偷窥。这个偷窥狂魔,一定不能再让他跑了!"

保安们一声喊,立马冲了上去,不容龙傲天分辩,上前抬起他，又像抬床一样把他抬到小区外面了。

而在楼对面，随着音乐声，刘波的肚子越发疼痛，仿佛有个孙悟空钻进了他的肚子。

刘波妈妈这才想起来要打电话，她一时太慌，竟忘了电话号码，问刘波："急救是打多少来着？110？114？"

"120……你真是我亲妈啊……"刘波泪流满面。

很快，救护车到了。

刘波被送进医院，检查、拍片子、吃药、催吐……终于将那个在他肚子里唱歌的"孙悟空"吐了出来。原来，是一支微型录音笔。这东西被包在饺子里。包着这支录音笔的饺子的确是刘波妈妈喂给刘波的第一个，因为太烫而被刘波直接吞了下去。这支录音笔质量还真不错，都被吐出来了，还在单曲循环。

刘波躺在病床上，终于舒服多了。此时他对这东西产生了巨大的好奇。这歌声并不是网上的常见版本，似乎是一个人自己录的，而且这声音听来还有些耳熟。会是谁呢？

他把音量调到最大，然后放得远了一点儿，就听里面继续唱着："对所有的烦恼说拜拜……"

当唱到第二个"对"的时候，隔病床的帘子被猛地拉开了，一个嘴巴已经肿成香肠状的老头儿面露惊恐地大喊："你不要过来，不要过来啊……什么桃李满天下，我不要！"

刘波吓了一跳，定睛一看，非常惊讶，愣了半天才试着叫道："吴老斯（师）？"

老头儿看到了那支录音笔，上前一把把它关掉，这时也看到了刘波，也吃惊地问："刘波？"缓过神来又说道，"你吓死我了，我还以为是龙傲天来了呢！"

这三个字像重锤一样敲打着刘波，也将最近发生在他身上的种种怪事像榫卯一样全部组合起来，刘波瞪大眼睛重复这三个字："龙——傲——天？"

吴老师捶胸顿足，叹了口气，说道："看来你也没躲过呀！我……我真应该通知你小心。可是你小子也没来看过老师，我不知道怎么联系你啊……"

"你是说，咱们班那个同学龙傲天？"

"嗐，可不是嘛！"

"等等……"刘波回想起健身房、餐厅里见到的那个被保安抬走的面熟的人，可不就是龙傲天嘛，难道那两次，包括这顿奇怪的饺子，都是他捣的鬼？

他问道："吴老斯（师），你是什么意思？龙傲天怎么了？"

"你还问我？我问你，你怎么到医院来了？"

刘波张嘴指指牙，又指指录音笔，费了老半天工夫才把事情说明白。

吴老师说："你就没问问你妈，怎么突然就会包饺子了，而且选在今天给你过生日？"

"我问了，但相当于没问。"

"唉！看看这个吧！"

吴老师回到自己病床旁，从床头柜上拿来一沓相片递给他。

第一张是偷拍的吴老师上课，吴老师脸上打上了红叉。下一张是马旭东，然后是吕严……最后，刘波终于看到了他自己，确切地说，他看到了一张合照。照片里，马、吕等人穿着初中校服围着龙傲天开怀大笑，而龙傲天光着上身，胳膊和后背全是大片的血檩子，如同受了刑。几个人的脸上一一被打了红叉，包括一脸坏笑地比着剪刀手的刘波。

"这……这是怎么回事儿？"刘波似有所悟。

"你刚才说你的牙被硬币硌掉了，那硬币呢？"

"啊，我带来了。"刘波已经换上病号服，从边上自己的衣服里摸出那枚五分钱硬币，递给吴老师，"喏……"

吴老师接过来仔细看了看，然后还给了刘波，叹了口气，说："刘波啊，看到这硬币，难道你还想不起来吗？你难道不记得你们对龙傲天做过的事情了？"

这时门外一个声音说道："是啊，难道十七年前你们对我做过的事，就全都忘了吗？"

这个声音和录音笔里的一模一样。

龙傲天从病房外走了进来。刘波看到龙傲天的这一刻，所有的记忆终于全部复活。一瞬间，他仿佛回到了十七年前那个夏天的小巷里。

那天，他约了马旭东、吕严、张晓婉、管乐等几个同学，让他们在放学路上拦住新转学来的同学龙傲天，因为他的语文成绩太差了，大家商量要联合起来，让他感受到同学们的温暖。

"听吴老师说，你语文年级倒数第一啊。"

"哈哈哈哈……"

围着的几人哄笑，龙傲天羞愤地低下头去。

"和你开玩笑呢。"刘波制止了大家的哄笑，说，"我们打算建立一个学习小组，帮你把语文成绩提上来。"

"啊？"龙傲天不知所以。

刘波递过来一本练习册，说："来吧，先从这个做起。我们做的都是这个，效果很不错。做了别忘了让我们帮你看看啊。那谁，吕严，你语文最好，要不就你先来帮他改改？"

从此，学习小组成立，大家形成了一个"帮助龙傲天"小集团。龙傲天对新环境不太适应，大家不但在功课上帮助他，在生活上也一起关心他。

有一次，龙傲天在体育课上中暑晕倒了。吕严、张晓婉等人赶忙扶住他。管乐拿出了藿香正气水要喂他喝，但晕倒的龙傲天似乎十分倔强，就是不张嘴。

吕严向刘波求救道："班长，他不喝啊！"

刘波道："真没用，都让开！我来！"

刘波接过药，捏开龙傲天的嘴，把药灌了进去。

龙傲天呛得直咳嗽，醒了过来，他眼神迷茫地问道："我……我怎么了？"

管乐指着刘波手中的药瓶说："你中暑了，幸亏刘波给你灌了藿香正气水。"

龙傲天在同学们的帮助下，渐渐融入了集体。但他那时候体弱多病，没少让大家操心。

有一次，大家正在考试，龙傲天突然开始流鼻血，当时就晕趴在卷子上。大家也不顾考场纪律了，赶紧冲过来。

刘波一马当先，摸了摸龙傲天的头，喊道："把他衣服脱了，脱了！"

龙傲天迷迷糊糊地摇头，吕严几个人冲过来把他的衣服脱了，又紧紧地按住他。

就在这时，刘波从兜里掏出一个东西。那是一枚五分钱硬币。他想起姥姥给自己刮痧的情景，不由得笑了，把硬币举到龙傲天面前，说："傲天，听话，给你刮痧啊。管乐，你拿点儿清水来。"

清水很快拿来了，刘波用硬币蘸着水，在龙傲天的背上一道一道地刮起来。

龙傲天痛得惨叫，但刘波不为所动。很快，龙傲天的背上就出现了一片片的紫红色血檩子。

"出痧了！出痧了！"刘波说着，刮得更起劲了。

没想到这法子还真是管用，龙傲天的精神恢复了不少。

"他缓过来了，缓过来了！"大家纷纷叫道。

这时，一个声音叫道："都干什么呢？不好好考试，当众刮痧，看我给不给你们记大过！"

吴老师嘴里虽然这么说，其实已经带来了校医。大家看到校医来了，赶紧回座位考试。吴老师和校医一起将龙傲天带去了校医室。

过往的一幕幕如同电影一般在刘波的记忆中闪过。龙傲天，这个他们一心一意帮助两年的同学，他怎么就……

就听龙傲天喊道："我从小身体就弱，一到夏天就上火，原本我这样的'弱鸡'应该是被欺负的才对啊。但是你们……为什么……为什么要对我那么好？不，我是不会收手的，我要报恩，我要让你们血债血偿！"

刘波蒙了，吴老师在边上直跺脚。

"还不明白吗？我想帮你突破健身瓶颈、看清陆珍珍的真实面目。最后我打听到你三十年来在家都吃的是速冻饺子，因为你妈不会包，我就专门跑到你家给你包了一顿饺子，还想通过那枚硬币，让你知道一直在报答你的人就是我龙傲天，并且在你明白这一切的时候用一首'对所有的烦恼说拜拜，对……'……"龙傲天居然唱了起来，果然和那录音笔里的声音一模一样。

"行了，别唱了！"刘波喊道，他长长吸了一口气，眉头皱成了麻花，问道，"合着你之前是在……报……报恩吗？"

"不然呢？"龙傲天摊手，显得十分无辜。

吴老师在边上直跺脚，指着龙傲天说不出话来。

刘波彻底无语了，摇了半天头才说："傲天啊，你这个语文啊，看来我也没有帮到你多少。"

龙傲天也感到十分泄气，在病房的椅子上坐下来。他叹了口气，说道："确实，为了今天能站在你面前，我整整打了三份工。"

"为什么是三份？"

"再多我也干不动了，我也是个人哪。"

"值得吗？"

"为了报答你，值得。"

"可我根本不需要报答！我只是想要默默做好事而已。你放弃吧。"

龙傲天冷笑道："刘波啊，不到哨声响起的时候就绝不能放弃，这不是你告诉我的吗？"

刘波沉默了。

龙傲天继续道："就是靠你这句话，我当年语文考了52分，52分哪！"

刘波摊了摊手："还是没有及格啊。"

"但是我坚持下来了，所有的'答'，我都写了，现在你竟然让我放弃？不可能。"

吴老师终于开口了："你报恩把我们都报惨了。你说我桃李满天下,所以给我屋里送的全是桃树和李树的盆栽,却不知道我对桃毛过敏,害得我直接住到这里来了!"

"对不起,老师,但我认准的事就一定要做,虽然效果……但我的心是好的呀!"

"不行!学习小组本来就是为了共同进步,如果我们接受了他报恩,那它不就变成了一场知识与物质的交易了吗?龙傲天,中小学生行为守则第八条,你不会忘了吧,热爱集体——"

龙傲天接上:"团结同学。"

"互相帮助。"

龙傲天此时已热泪盈眶:"关心他人!"

吴老师又叹了口气,说:"我明白了,傲天、刘波,我老了,钙和思想品德都在流失,施恩和报恩这种事在我这里已经属于科幻情节,但我在你们这里看到了,你们年轻人,还是好样的!"

刘波走到龙傲天身边,轻轻拍了一下他的背,说道:"龙傲天同学,你报的恩,我收到了。但是下次别报了,超出医保范围的都不报销。"

"我明白了,你总是能带给人温暖。我走了。"

龙傲天转身,朝着屋外的阳光走去。

109

六
杀手 Z&Z

Shaoyehewo

小张在屋中擦拭着自己的"家伙"。从现代兵器开始,有远程狙击步枪、近距离狙击步枪、改装过的勃朗宁手枪、左轮手枪、几枚手雷,而冷兵器种类更加丰富,有小型可折叠弓箭、单刃匕首、双刃匕首、细钢丝、钓鱼线、精钢短锯等。小张边擦拭边叹气,自己右手的绷带已经除去,但受的伤再也好不了了。没错,他是一个杀手,他一个个擦拭着自己曾经的"好朋友",它们曾经陪着他完成过那么多任务,但从今以后他再也用不了它们了——他失业了。右手受伤后,他就没法再从事这个行当了。

正当他擦一把电锯的时候,电话响了。

他接起电话:"喂?是我,我是小张。对,哦,'送到西'是吧?我好像是给贵司投了简历。面试?方便啊。什么时候?好的,我记一下。"

小张来到"送到西"通知的面试地点——一座庄严大气但十分破旧的老式机关办公楼。

一个老干部模样的大叔顶着一头洗发泡沫冲下楼来，一边和小张握手，一边说道："小张吧？欢迎欢迎，我是老李，叫我'李团长'就好。跟我来吧。"

小张一脸茫然地跟着李团长上楼。楼道虽然破旧，但十分整洁，小张恍惚间以为回到了爸爸早年办公的地方。

李团长的话把他拉回了现实："这里是偏了一点儿，不过，好处是僻静。毕竟干我们这一行，要尽量避免引起别人的注意。你看我们搬过来五年了，这层的其他公司一直以为我们是送外卖的，只是不知道为什么我们只往西送。保密工作做得还行吧？不过，凡事没绝对，也不知道还能在这儿待多久，一旦有人注意了，我们就得赶紧搬走。"

小张看着公司门前的牌子，终于看到了"送到西"。他想，既是如此，不如把这名字改成"帮到底"。

李团长招呼道："到了，进来吧。"

"送到西"的办公室里，墙上挂着许多锦旗，什么"德艺双馨，手到命除""古有荆轲刺秦，今有killer詹鑫！"等等。如果把这些旗面换成"三好文明单位""年度先进集体"，那这办公室就彻底像20世纪80年代的机关单位办公室了。深褐色老式写字台上堆满文件，压在覆盖写字台的玻璃上，办公位上摆着写有"先进个人"的带盖搪瓷茶缸,墙边立着一个脸盆架,上面搭着毛巾,边上摆着两个"全家福"暖瓶。

"坐。"李团长的话打断了小张的思绪。

此时李团长已经戴上老花镜,面试这就开始了。

李团长眯着眼边看简历边说:"你以前是做传统杀手的?"

小张道:"对,我精通各种兵器,什么刀枪剑戟斧钺钩叉、锐棍槊棒鞭铜锤抓,什么AK沙鹰长短狙、闪光手雷火箭筒,我是样样精通。"说着,他还摆了个架势。

李团长:"那怎么不干了呢?"

小张伸出残疾了的右手,说道:"这不是出任务伤着手了,没法打枪了嘛。"

"那怎么又来应聘了?"

"我看招聘启事上说,咱们这儿是新型杀人模式,对技术要求不高。我干了这么久,对这行也有感情了,而且嘛,虽然我如此优秀,但一直没得到什么好的机会。"

李团长眼睛一亮,亮光都要透过他厚厚的老花镜射出来了:"这机会不就来了吗?别看我们团队不大,可历史悠久啊。怎么说呢,打从第二次工业革命,不,打从人类开始直立行走,我们就存在了。几百万年来,死在我们手里的人,少说也有八位数了。"

小张看看四周,不知道李团长这话是不是真的:"是吗?我竟然没听说过。"

李团长站起身，来到小张身边："这就是我们最大的特点，看上去人畜无害、毫不起眼，但是潜伏在人们生活的各个角落，只要逮着机会，一击即中，对方还毫无察觉，甚至觉得我们是好人，甚至会爱上我们。"

李团长说着，手一挥。

小张顺手一看，原来墙上挂着优秀员工照片。

李团长看到他的眼神，马上指着其中一个人的照片说："你看，这就是老詹，你未来的师父，也是我们的技术骨干，按时髦的词来说，叫CTO（首席技术官）。我最佩服老詹的就是他那股钻研劲儿，很多前沿的杀人技术都是他研发出来的，真可以说是匠人啊。"

正说着，李团长的电话响了。

他拿出手机，指着屏幕上的"老詹"说道："看，说曹操，曹操就到。喂？老詹……什么？有情况？哪个医院？好，好，我马上就叫，顺便带着你的新徒弟去！嗐，到了你就知道了！"

小张跟着李团长来到医院，进了病房，就见老詹躺在病床上。小张环视四周，其他都正常，唯一奇怪的是，床头有一大瓶几乎全满的纯净水。

李团长来到床边："老詹啊，怎么回事儿，叮嘱你多少回了，注意安全，怎么又因公负伤了？"

老詹答道："咱这体格，这点儿小伤，不算啥。那话是怎么说的来着,'目标之变诈几何哉?止增笑耳'。"

"就逗能吧你。大家都要来看你,被我劝住了。我先给你介绍个人。这是小张,原来在另一个部门,这不也是负伤了嘛,就调到咱们这里了,我想让你带带他。"李团长转头对小张说道:"叫师父啊。"

小张走近一步:"师父。"

"别别,叫我'老詹'就行。你的事,我听说了,别看我们部门在整个组织里不算大,但只要是金子,只要是像我这样的金子,在哪儿都能发光。入职培训做没?"

"还……还有培训?"

李团长插话道:"这不还没来得及嘛。好,我宣布,入职培训开始。"

小张一愣:"啊,就在这儿开始啊?好的。"

"老詹,他是你的徒弟,现在就由你来给他上第一课吧。"

老詹点点头,拿起床边的纯净水喝了一口,意味深长地看向小张:"知道这是什么吗?"

小张犹豫着答道:"纯净水?"

"聪明。你以后也要带上这一大瓶纯净水,这是咱们公司的基本生存素养。"

小张越发迷茫了。

老詹盖上瓶盖,坐正,讲了起来:"我们的杀人手法说起来很简单,就是诱使目标染上不良的生活习惯,让他健康受损,提早死亡。比如一个人作息规律，健康饮食，那么他肯定很难死，这时候我们就要让他胡吃海塞、烟酒不断、天天熬夜，那么他会怎么样？"

"身体坏掉？"

"然后呢？"

"生病？"

"再然后？"

"病……死？"

"对喽。记住，能杀死你的，从来不是杀手，而是你的生活习惯。我们杀手最大的敌人，就是目标的免疫系统。在咱们的手段面前，那些身体的防御机制嘛——"

"止增笑耳！"李团长和老詹异口同声地说。

小张问道："可是，这样效率是不是有点儿低啊？"

老詹正色道："杀人不能急于求成。这个季度我们杀死的目标，一个是死于肺癌，起因是二十八年前我递给他的一支烟，另一个死于心梗（心肌梗死），起因是有个前辈请他吃了一颗槟榔，你猜猜那是什么时候的事？"

小张摇摇头。

"猜猜看。"

"呃……我猜是……"

老詹高声道："五十二年前！哈哈哈哈，是不是特别精彩的杀人故事？"

老詹和李团长鼓起掌来。

小张有气无力地"哇"了一声,然后皱了皱眉头,附和着鼓起掌来。

这时,一名护士进来了,没好气地说道:"安静,不知道这儿是医院吗?"

"是,是,对不起。"李团长和老詹赶紧道歉。

护士熟练地换了输液瓶,出去了。

小张这才缓过来——这么杀人,负伤是怎么个负伤法?他问道:"师父,你是怎么负伤的?"

"嗐!"老詹又喝了一口纯净水,"我为了让目标喝可乐,自己也喝了半杯。难免遇到这种情况嘛,不然目标起疑心怎么办?目标一走,我就赶紧过来洗胃了,就是这样。这不赶紧用这水稀释血糖嘛。人家医生也说,要再晚到两分钟,血糖就升高了。还挺千钧一发的哈?"

小张回到住处,感到十分迷茫。他在自己的日记中写道:"说实话,我不太理解……跟我想的不太一样。这也能叫杀人吗?我之前一直接受的都是古典主义杀手的训练,能接收到即时反馈,之后追求的职业方向也是这个,结果现在就是给人递烟递酒。是,这种死法跟自然死亡比肯定缩短二三十年,但是立竿见影不好吗?人这一辈子多短暂啊,能杀几个人啊?搞不好目标没死,杀手就先死了。不理解。现在跟着师父,别人都说我运气好。好吗？我也不知道，走走看吧。唉，有点儿愁，迷茫。好在给发工资。"

两周过去了，小张已经接受了几轮培训，但只是一些"杀手素养"课，严格规定了日常的生活方式，但是关于怎么"动手"，只字未提。

一天晚上，小张仰面半躺在沙发上，正在边吃薯片边打游戏，门外响起了敲门声。小张起身开门，门外站着老詹。

"师父，这么晚了，你咋来了？"

"有个急事，打扰你就寝了。"

"不打扰，我还没睡呢。"

"都多晚了还不睡啊？一般到这个点儿我都做第二个梦了。"

老詹说着就进了屋，一眼就看到展架上陈列着的各式杀人工具：西瓜刀、弓箭、绳子、军刺、匕首、电锯、各种枪、手雷等等。

他问道："这些古典杀人工具还留着呢？"

"没舍得扔。当初收集这些工具可没少费工夫，你看那电锯，还是从得州进口的呢。"

"咱们培训课上怎么说的？该扔就扔啊。留着容易形成路径依赖。你的职业发展要走到新阶段了，要勇于和过去告别。"

老詹走着走着，被一样东西绊了一下，差点儿摔倒，原来是一摞书。

老詹问:"这不是我送你的书嘛,咋都没开封呢?"

小张拿起其中一本,说:"这本开了。"

"这么薄一本,到现在还没看完?"

"每天都看,主要是,一看就困。"

"这些知识多重要啊!人体结构、脑神经、成瘾原理、食品安全,都是杀手必备知识。你不看,到时候拿什么取人性命啊?"

小张敷衍道:"我知道了,师父,现在容易困,动手的时候就困难了,是吧?我懂。我保证看,这个月就都看完。"

老詹叹了口气,又看到了游戏机和薯片。

老詹大吼一声:"危险!"

说着,他立刻飞扑过去,用身体压住游戏机和薯片。

"小张,把头转过去!不要看!我怕你承受不住!"

"师父——"

"快!转过去,别管我,顾好你自己!"

"行行行,我转过去。"

老詹飞快地关掉游戏机,把薯片扔进垃圾桶。

小张听见一阵稀里哗啦,不由得转过头看。桌上的东西居然这么快已经被扔了个干净,他说:"师父,你刚才这身手挺了得啊——"

"别过来!还有些残渣!"

老詹从兜里掏出一副白手套戴上,仔细地把桌上的残渣处理干净,才松了口气。他擦擦头上的冷汗,脱掉外套。

"沾上薯片渣了，这衣服不能要了。太险了，小张，你是不是有什么仇人啊，要这样害你！动作真快，就你开门这一会儿就布置好了，还全身而退，是个高手。有机会得会会他。"

"啊？不是，游戏机和薯片都是我的。"

"你的？我没听明白——"

"就是你没来的时候，我一边吃薯片一边打游戏。"

"为啥呀？你这是字面意义上的作死，你知道吗？"

"师父，你又危言耸听，哪有那么严重——"

"亏你还是个杀手！咱们的培训，你都忘了吗？你的命也是命啊！唉！这孩子，真是让人操心。"他突然想起今晚的事，看了看时间，说，"回头我再跟你算账。现在赶紧跟我走。"

"去哪儿啊？"

"临时接到通知，目标有新情况。"

"所以这就要出发？"

"是的。"

"哦，好的。"小张想，看来熬夜不算作死，是吗？

小张开车，老詹坐副驾驶座。

老詹说："小张，咱们这次出任务，目标还是任先生，之前已经给你介绍了他的一些情况，你应该还有印象。这个目标，我们的前期调研和接触工作都已经持续一年多了，还没得手。此人意志极其坚定，这一年里，他父母去世、工作被辞、金融产品暴雷，一般人经历其中一件事就扛不住了吧？他都经历仨了，这烟愣是连看都没看一眼。今天他谈了小十年的初恋跟他提了分手，对我们是个机会，但事发非常突然，我们准备不足，能不能成功不好说。"

此时，手机响了，老詹接起电话："喂……李团长。"

小张紧张地瞅了老詹一眼。

老詹不知听到了什么，皱起眉头道："什么？不行不行，他现在只能观察，还没到能参与任务的时候……是，他是个好苗子，所以我们更不能揠苗助长啊！再说，这任先生狡猾得很，一不留神很可能前功尽弃，唯有我这样的老猎手……唉，行吧。"

他挂上电话，沉吟稍许，以长辈特有的温和对小张说："就这么猴急吗？"

小张在一个红灯前刹车："师父，我真的准备好了，这次就让我上吧。"

老詹叹了口气，把烟递给了他，拍拍他的肩，说："好吧，一会儿，你去递烟。"

小张赶紧接过来，说道："谢谢师父！你放心，我肯定完成任务。"

此时红灯变绿，小张一脚油门踩了下去。

老詹又递给小张一片药，说道："这泡腾片你拿着，希望用不上。"

小张没接，轻轻推开了。

老詹变色道:"怎么了?这就觉得自己行了?"

"肯定用不上。师父,你帮我把手机数据线插一下,手机电量已经不足了。"

"虽然不能紧张,但也不能大意啊。记住,我们看着是递出一根烟,实则是捅出一把刀,要人命的刀子,要稳、准、狠。"老詹随着这仨字作势狠狠地捅了三次——手机屏幕黑了。

任务开始了,老詹和小张竖起衣领,拉低帽檐,走到街角的脏串摊儿前,找位子坐下。

老詹放低声音说:"他就在咱俩身后。"

小张对此经验丰富,指了指自己的手机,比画了一番。他那手机已经黑屏了,刚刚插上充电宝,还开不了机。

老詹点点头,拿出自己的手机,打开前置摄像头,选好角度,比着剪刀手拍了张自拍。接着,他点开照片,目标任先生已然被圈入照片中。他滑动双指放大照片,只见任先生一脸憔悴,失魂落魄地对着满桌的食物,正在默默流泪。

小张凑了过来。看到这幅场景,他不由得心里流口水——只见那烤盘里有肉串、肉筋、牛板筋、鸡翅、鸡胗、鸡脆骨,外加两块大腰子,地上还有一箱拆封的啤酒。

老詹说:"好家伙,他这是要自杀啊。……咱们先按兵不动,等他——"

话还没说完,他就听到了小张的声音:"来一根不?"

老詹转头一看，小张已经坐到任先生的桌侧，烟已经递到他面前。

任先生一愣，小张重复道："来一根？"

任先生明白过来，问道："为啥？"

"我不是看你失恋了嘛。"

"你咋知道我失恋了？"

小张一愣："我猜的。"

"你猜对了。"

"那……来一根。"

任先生轻轻一笑："失恋就得抽烟啊？"

"我就是想让你好受点儿。"

任先生嘴角轻轻一挑："想让我好受的方法多着呢，不能一起聊天吗？不能一起玩游戏吗？不能起码先握个手吗？非要递烟吗？"

小张僵住了："我、我……"

"还是说……"任先生似乎又笑了一下，两根指头夹住递来的烟，慢悠悠地说道，"你只会递烟？"

"呃，对，我只会递烟。"小张松开手，那支烟就停在任先生的两指间。

"见到谁都递烟？"任先生已经把烟放到嘴前。

"对，对。"小张赶紧找打火机，摸了半天却没摸到。

"也就是说你任何时候都带着烟？"任先生似乎就要把烟叼

住了。

"对。"小张依然没摸到打火机。

这时,他后面有人递过来一个打火机。原来是老詹。

"为什么?"

"呃,"小张打着火,递向任先生的烟头,笑眯眯地说,"因为我是个烟鬼。"

没想到任先生没把烟往前凑,更没叼上,而是把烟的方向一转,向前一递,塞到了小张嘴里,说道:"那你先抽一根给我看看。"

小张叼着烟:"我……"

任先生从小张手里取过打火机,打着了递上前,一双眼睛盯着小张。

气氛到这儿了,小张不得不颤抖着向前探脖子,用烟头去接触那火苗。

就在两者接触的瞬间,老詹不知何时早已来到边上,手中轻轻一弹,一枚泡腾片旋转着弹出。就在这时,小张像突然暴病发作了一样,身子一歪,嘴巴一咧,香烟从他口中坠落的同时,那枚泡腾片像小鸟归巢一般,精准地飞进了小张嘴里。小张直接瘫软在地,口吐白沫,浑身抽搐。

老詹在旁边叫道:"哎呀妈呀,他癫痫犯啦,赶紧送医院哪。"

然后,他捞起小张往背上一扛,向远处跑去。

第二天，小张来到"送到西"门前，心里十分羞愧，不想进去。

老詹很快发现了他，出来安慰道："说了让你今天先休息，怎么又来了？"

"师父！"小张一把抱住老詹，哭了，"我本来以为手拿把掐的，把烟递过去就完事了，想得……还是想得太简单了！"

老詹安慰道："行了，知道错了下次注意，第一次出任务嘛，有点儿毛躁也是正常的。猎物面对猎人时会天然产生警觉，可能会出现各种突发状况，所以我本来是想自己上的，不过没关系，新人嘛，总是需要成长的。"

"你说我……我咋就一点儿没考虑到呢，还差点儿让目标把我这个杀手给杀了，大家的努力都……都白费了……"

"行了，错误犯下了，吸取教训就完事了。没有失败过的人生还能算人生吗？虽然师父我一上手就贼厉害，那是可遇而——欸？你咋还哭得更厉害了？这样吧，既然事由你起，那就由你来解决，以后跟踪任先生的事就交给你，怎么样？"

小张破涕为笑，狠狠地点了点头。

接下来的日子里，小张展现出了职业杀手过硬的素质之一——盯梢。可是到了第四天早上，他正在洗漱，手机里却接到老詹的信息："最近你太累了，休息一段时间吧。"

小张急了，连牙膏沫都没吐干净，抓起衣服穿好就赶去"送到西"。

公司里，很多同事还没来，小张大步流星，连门也没敲，直接闯进老詹的办公室，大声问道："为什么让我停职？"

老詹正和李团长商量事，二人眉头紧锁，都在啃胡萝卜。

见到小张，老詹示意他坐下，说："你别激动，不是停职，只是休息几天。"

"我不需要休息！"

"你需要！我做的决定。"李团长摘下厚眼镜，说话了。

小张不服气地看着他。

李团长站起身："咋的，你还不服气？"

他从抽屉里拿出一沓照片，走到小张面前，摔在桌上，说："你自己看看这是啥。"

小张一看，那正是自己交上去的任先生最近的照片。他把腰一挺，说道："这是最近三天任先生的动向，我查过了，没什么问题。"

李团长用中指敲了敲桌上的照片，问道："你确定？"

"确定！"

李团长摇摇头，收起照片，回自己的座位上了，对他说："你还是休息一段时间吧。"

小张急了："哎，我是怎么了？有问题吗？是，上次杀人任务我没发挥好，但跟踪、观察这种简单的工作，我觉得我还是可以的。"

李团长冷笑一声，将那沓照片扔进了垃圾桶，然后拿出自己的手机，打开一张照片展示给小张。

照片里，任先生正进入一家24小时健身房。

小张冷汗下来了："这……这是啥时候的事？"

李团长收起手机，严肃道："就在昨天半夜！这么大的事你为什么没发现？一旦他开始健身，我们之前的努力可能就会付诸东流！你这样不负责任，可能会救了一个人的命，你知道吗？"

小张无话可说。

"你先回去吧，好好反省！"李团长下了结论。

老詹心疼地看了一眼小张，挥手让他先走。

小张感到职业尊严受到了打击。就在他路过同事的时候，听到有同事说任先生的案子要准备走赔付流程了，特别是最后那出"癫痫"当面发作，让他对健康更加警觉，已经开始定期体检了，这样的话，不但大家的年终奖，就连老詹的退休金，都可能受到影响。

小张咬了咬牙，夺门而出，大步离开了。

两分钟后，老詹迅速离开公司，悄悄地跟了上去。

这天傍晚，一个公园里，任先生换好运动服，打开手机上的运动App，然后把手机别在大臂上，开始跑前热身。

就在这时，一个穿着连帽衫、戴着口罩的黑衣人悄悄从后面靠了过来。

任先生做了一组高抬腿,然后开始拉伸。就在他做弓步压腿的时候,那个黑衣人将手中的绳子打成结套,悄悄地就要从他头上套下去。

忽然,一只手从黑衣人的后面伸出,快速且狠狠地将他拉走。这人用力很大,黑衣人被扯出去好远才停下。

黑衣人十分火大,但是定睛一看,拉自己的是老詹。他摘下口罩,沮丧地叹了口气。

"徒弟,跟我来。"老詹说,继续拉着扮成夜行人的小张出了公园,上了车。

小张坐进了副驾驶座。老詹没急着开车,而是从储物抽屉里拿出一盒烟。这盒烟没有拆封,但从包装的新旧上就能看出,这是很多年前的烟。

老詹指着烟说:"这盒烟,我一直放在车里。当年我开始从事咱们这一行,决定从此戒烟。当时已经买了这一盒,于是把它放在这里,作为警示。来,看看这烟盒上画的是啥。"

小张接过烟。烟盒正面上印着黑色的肺,原来这是某年抵制二手烟活动主题做的包装。

小张答道:"吸烟人的肺?"

老詹点点头道:"恶心吧?可怕吧?标志很明显吧?但这款烟当年是打折款,结果刚上市就售罄了。你猜猜,全世界每年多少人死于烟草？"

小张摇摇头。

"翻过来念念。"

小张把烟盒翻过来，只见烟盒背面写着一句话："吸烟有害健康，每年有 800 万人死于烟草。"

这时，一个叼着烟的路人经过，对车里的两人说："哥们儿，有火吗？"

"没有！别找死！"老詹没好气地说。

路人吓了一跳，嘟囔着"没有就没有呗，吼什么"走了。

小张若有所思。

老詹又打开手机，调出一段视频，说："再看看这个。"

视频中，一个买菜大妈正顶着红灯大摇大摆横穿马路，一个年轻人在马路边大喊道："大妈，红灯，危险！"大妈不屑地回头瞟了年轻人一眼，说："要你管！"话音刚落，一辆大卡车磨着刺耳的刹车声冲了过来，大妈被直接撞出了画面。

"看完了？"老詹拿回手机，说，"我再带你去一个地方。"

夜间车少，老詹一踩油门，没多久就到了一座大水库边上。

这座水库有一座堤坝可以走车，老詹将车停在堤坝上，打开车门，招呼小张下来。

小张依然在生气、沮丧，问道："你带我来这儿干吗？"

老詹指了指一个警示牌："你看上面写的是什么。"

"水深危险，禁止游泳啊。"

"那你猜每年有多少人在这儿被淹死？"

"应该没有吧。"

"这个水库，去年淹死了十二个人。"

话音刚落，两个大爷一边热身一边从二人身后跑了过去，然后在不远处，"扑通""扑通"，跳进了水中。

两人回到车里，老詹继续说："下一站，禁毒所——"

"不用了，师父，我知道你想说什么了。能杀死你的，从来不是杀手，而是你的生活习惯。"

"还有呢？"

"还有……"

"你那绳套是怎么回事儿，还不交出来？"

小张把绳套交给了老詹，说："我明白了，还有，虽然明知道用古典方法杀人后被抓着就是死刑，我还是差点儿……多亏了师父。"

老詹慢慢地对着小张鼓了几下掌："对喽，我们不生产死亡，我们只做死亡的搬运工，这才是我们新型杀手的使命。以后可不能再这么简单粗暴了啊。"

小张点头："我明白了。"

"明白了就好。"老詹发动了汽车。

"咱们去哪儿？"小张问。

"去'送到西'给你办复工。"

小张咧嘴笑了。

"送到西"经过群策群议，针对任先生重新制订了计划。

一天，小张卡准任先生夜跑的时间，来到一家小卖部。

"你好，我要矿泉水。"

店主拿了一瓶给他："三块。"

"不是，我要所有的矿泉水。"

"所有的？"

"对，你这店里所有的不带味儿的白水，我全要。"

"你……"

"你放心，我真的要水，麻烦快一点儿，我有急用。"小张说完看看远处。

任先生的小黑影正渐渐跑过来。

店主不明白这是为什么，还是把所有的白水都卖给了小张。小张将水全部装在一辆小拉车上，拉回了守在附近的汽车。

老詹在车上问道："怎么样？"

小张比了个"OK"的手势。

等任先生跑步到这里，按以往的习惯想买一瓶白水时，店家如实相告："一个奇怪的人刚才已经把白水全买走了。"

任先生一头问号，继续往下跑，又跑了两公里。下一家店也是一样，白水售罄。原来，这一天"送到西"全员出动，把任先生运动路线上所有商店的白水都买空了。

任先生跑了足足七公里，终于跑到一个小摊儿前。他看着冰柜和烤肠箱，满头大汗地问：“你这儿本来不是卖矿泉水的吗？”

摊位前一个戴着墨镜的老头儿扇着扇子说：“现在改了，只卖冷饮、冰激凌、烤肠。”

任先生重重叹了口气，说：“来两瓶无糖可乐。”

"只有一瓶了。"老头儿拿出来一瓶，递给他。

任先生实在太渴，一口气喝得见了底。

怎么那么巧，老头儿的手机正好放出一段声音："你喝的无糖饮料，真的不含糖吗？谨防消费陷阱，减糖偷换概念，阿斯巴甜是否安全，国际上争议不休……"

任先生无语地盯着老头儿的手机，然后他自己打开冰柜，又拿出一瓶有糖可乐，直接打开喝了。然后，他又买了一根烤肠，付完钱就走了。

老头儿摘下墨镜，笑了。原来是李团长。

这时，边上过来两个人。原来，老詹和小张一路跟在后面，密切监控着任先生的动向。

三人相互击掌，李团长说："你们这出'围三阙一'，可是深得《孙子兵法》的精髓啊！小张啊，好好干，年轻人的脑子就是好，有前途！"

小张不好意思地笑了。

三个月后，小张在述职会上介绍了任先生的现状。

通过大家的集体努力，任先生的生活习惯发生了明显的变化：碳水化合物摄入量增加300%，糖分摄入量增加500%，每天啤酒消耗量在2200毫升以上，烤串消耗量超过500克，入睡时间从11点半推迟到凌晨3点。

小张最后总结道："在这样的饱和式攻击下，任先生的免疫能力已经遭到重创，客户已经打来第二阶段款，这一单已经顺利结束了。"

任先生的单子大获成功，李团长将要退休，老詹将会接过他的位置。

在李团长的退休告别会上，大家吃了很多萝卜、黄瓜、西红柿，有的人动情地哭了。

这时，老詹请大家先静一下："大家静一下，我给大家播放一个东西，这是委托我们刺杀任先生的客户发来的。"

老詹在手机上点了播放，举到大家面前。

漫长的等待后，手机里面传出一声咳嗽。

小张悄悄地问："这难道是任先生的咳嗽？"

老詹兴奋得一拍桌子："你应该说，不仅仅是任先生的咳嗽，而且是黎明前的曙光！咽喉癌的前兆！我们恭喜小张！"

大家热烈鼓掌。

李团长哭了，激动地说："这是我收到的最好的退休礼物。"

小张激动地反复播放咳嗽声，说道："太动听了，简直就是仙乐啊！"

李团长光荣退休后，小张在自己的日记中写道：

"我经常想，杀手这份工作对我的意义是什么？师父说，杀手就是种下一颗死亡的种子，通过灌溉、施肥，日复一日地精心培养，让它成长为一棵参天大树。但我觉得，杀手是找到一棵大树，先一片一片地拔光这棵树的所有叶子，再一根一根地掰断所有树枝，然后用斧子一下一下砍断树干，最后把树根都拔出来。这种一步步摧毁一条生命的感觉，太奇妙了。"

五十二年后，任先生因咽喉癌去世。这时，老詹已经去世五年，享年一百零二岁。一年后，注重健康成为世界主流理念，小张失业了。

七
算个喜剧

Shaoyehewo

敬老院

公司里，保险业务员龙小天手指轻轻地在桌子上打着节奏，桌上的文件整整齐齐，和其他人乱糟糟的办公桌形成鲜明对比。

夕阳穿过用不干胶粘着的窗子，洒在龙小天桌子上摆着的《仲夏夜之梦》谢幕照上，妆扮成小精灵的龙小天和其他小精灵一起站在角落，照片中的他笑得别提多开心了。

离下班打卡时间还有一分钟。龙小天看着墙上的挂钟，拿着签字笔跟着指针旋转。直到秒针转到了"12"，他突然如弹簧般跳起，把那支签字笔往笔筒一扔，拎起包就直奔大门口。

主管刚好从门外进来，问道："哪儿去啊，小天，这么急？"

"敬老院！"

"敬老院？"

没等主管反应过来，飞快打完卡的龙小天已经消失在阛上门的电梯里了。

龙小天一边骑着电动车，一边吃着刚出锅的煎饼果子，一辆破旧的中巴车从他身边驶过。

中巴车上的人多数都正常穿着，只有刘波穿着一套古代太子的服装。他手里拿着剧本，口中念念有词，手里还加着小动作。

这辆破车是市话剧团的专车。在刘波身后坐着的话剧团团长递给他一瓶水，说道："还看剧本哪，波哥，都演了多少遍了？"

"我在想我的人物。"

"还想啥啊，你之前不都演得挺好的？"

刘波摇摇头："我刚刚仔细琢磨了一下……团长，我正好跟你探讨探讨。我隐隐地感觉，太子他其实并不想继承王位。我为什么要这么说，你看这一句，他……"

团长一边玩手机一边漫不经心地应和着，终于在刘波把台词本伸过来的时候失去了耐心，道："哎呀，波哥，你抠这么细，那帮老头儿老太太也看不懂。不早就跟你说了嘛，咱这就是任务，把词儿背下来就行，调整什么表演啊还！"

刘波转回身去，沉声说了句："棒槌。"

团长本想装着没听见，憋了会儿还是站起身来，对刘波说道："那剧本就是从网络小说里扒出来的，还还还谈什么人物啊……还还还人物,一个喜剧要什么人物!"

刘波坐直了:"喜剧也是要建立在合理的人物和逻辑上,才会引人发笑!"

团长气笑了:"笑了吗?咱都演了十多场了!十多个敬老院,两百个老头儿老太太,有一个笑的吗?搞笑呢,波哥?你啊,你就是太——"

刘波一声长叹打断了团长的话,感慨道:"人生难得一知己,推杯换盏……"

团长心道:"我是真服。"

中巴车到了敬老院,剧团一行人往临时化妆间走去。龙小天也紧跟着赶到了敬老院,把剩下的煎饼一口一口吃完才下车。

临时化妆间里,刘波琢磨着剧本,突然停下来,环顾四周,说道:"欸,小马没来?"

团长在边上玩手机,听到刘波发问,只是嗯了一声。

刘波疑惑,随即想明白了,继续看剧本,边看边说道:"也是,能坚持三场挺不错了,一场就给二十,谁能愿意?"

团长突然发火:"二十怎么的?你演两个小时五百,他三句台词二十,还还还怎么的?上头才给剧团拨了多少钱?你挣得比我多多了,你知道不?你啥也不知道,你——"

刘波突然大声朗诵台词,打断团长的话:"不对啊!现在是

140

哪一年啊？乾隆十二年？"

　　团长心道："刘波，我忍你很久了！你——"

　　"请问，这儿是市话剧团吗？"门口的龙小天打断了团长"施法"。

　　团长一愣，见龙小天西装笔挺，打扮得十分整齐，便不由自主地收了些戾气，和颜说道："您是……哦，你就是那个来报名的演员吧？"

　　龙小天点头，刻意用标准普通话说道："啊，对，也不能算演员，我是一名话剧爱好者……您是马团长吧？咱们通过电话。"

　　"对对，你叫我'老马'就行。你叫龙……呃……"

　　"龙小天，飞龙在天的龙，大小的——"

　　"对对对，来得正好，你先——"看见刘波，团长又来了一肚子气，"先对对词儿吧，这是波哥。"

　　说着，团长向门外走去，边走边说道："演员找着了啊，省得有些人一天天净事儿。"

　　刘波抬起头，从化妆镜里看到了打扮齐整的龙小天。
　　龙小天两眼放光地走向刘波，刘波有些不知所措。
　　龙小天："刘……刘波？"
　　刘波："欸，你认识我？"
　　龙小天："当然了！你是咱们市话剧团的台柱子，我哪能不认识？我经常去看。"

刘波："是嘛，你哪个单位的啊？"

龙小天："啊？啊，我在欢乐保险。"

"欢乐保险？你们单位也发门票吗？"

"啊？不是，我都是自己买票看的，你的戏我都看过。"

刘波一愣："啊，是嘛。哦，喜欢话剧？"

龙小天搓着手："喜欢真喜欢，热爱表演，尤其是喜剧。"

刘波高兴地笑了出来，但心情十分复杂："是吗？挺好……"两人尴尬地沉默了一会儿。

龙小天先开口："哦，我叫龙小天。"

刘波："幸会幸会。"

"嘿嘿。"

两人再次沉默下来。

又是龙小天先开口："刘老师，我演谁？是不是一会儿就得上场了？"

刘波："他没给你剧本啊？真是……没事儿，你先看我的，你演内务府总管，词儿不难记。"

龙小天接过剧本，十分兴奋，找了个地方坐下，飞快地读起来。刘波看着龙小天，看到他眼里闪着热情，一时间有点儿愣神。

龙小天边看边说道："刘老师，这个角色怎么演，您有没有什么建议？"

刘波回过神来，说道："这个内务府总管啊，我还真没揣摩过……这样，剧本是死的，人是活的，你先按你自己的感觉演，但总的来说啊，你要把他那种苦大仇深的感觉表现出来。"

"苦大仇深？"龙小天琢磨起来，"人是活的……按自己的感觉演……"

刘波看着龙小天认真的样子，笑了出来："嗐，你别紧张，享受舞台。"

"嗯！"

"你吃饭了吗？团里不管饭，你要是饿的话，去外面超市买点儿什么先垫垫。"

"没事儿，我吃了。"龙小天说着，突然捂住肚子，有些紧张地说道，"我吃的是那个……哎呀……这儿的卫生间在……"

"啊，出门右转。"

"哎，好好，那我先……我刚吃了个那什么……谢谢刘老师……我就先……待会儿见刘老师……煎饼吃的煎饼……"

龙小天语无伦次地说着，脚步逐渐加快，跑了出去。

刘波笑着摇了摇头，看着天花板发呆。

良久，他暗道了一声："戏痴。"

敬老院不大的大厅里，一半的空间摆着座椅，另一半空间充当舞台，像学校班级里举办联欢会一样。

座位上散落地坐着各种神态的老人，有打盹儿的，有输液的，有戴着老花镜玩手机的，有神情呆滞的。

敬老院副院长看准备得差不多了，示意马团长可以开始了。

马团长点点头，缓步上前，在台上说道："为了给我市的老年朋友献爱心，市话剧团不畏路途遥远，来到了我们……来到了我们……"

台下一个老头儿接茬儿道："乐万家！"

"来到乐万家敬老院，为大家奉上精彩的幽默话剧，让大爷大妈们都能享受到快乐和喜悦！下面请欣赏话剧《重生之我在清朝当太子》！"

三声钟声响起。

团长边下台边嘀咕："都说多少遍别放钟声了，都那岁数了受得了吗……"

见到在后台门口扒缝看演出的龙小天，团长露出一丝微笑，走过去，拍了拍龙小天的肩膀。

"小天哪，备场呢？"

"啊，不好意思，我——"

"没事儿没事儿，能看。那个……我不知道跟你接洽的人有没有说清楚，就是……我们这个演出的性质吧，是个公益演出。"

"我明白，小广告上都写了，我知道，我不收钱。"

团长笑得更开心了一点，说："啊，感谢理解。"

"应该的应该的。那什么……团长，其实我吧……"

团长笑容收回去了点儿："嗯？你说。"

"我可不可以多演几场？我都不要钱的。"

团长喜出望外，但还是硬作深沉："啊……哎呀，这个就有点儿……嗐，罢了罢了。你知道我看中你什么吗？对艺术的热爱，我欣赏！"

"那您这是……同意了？"

团长点点头："别跟别人说啊。"

龙小天感激地望着团长离去的背影，忽然听见舞台那边传来一句："来人哪！"龙小天急忙转身上台，嘴里念叨着"苦大仇深苦大仇深……"。

一分钟前，台上。

大臣甲："太子殿下，三皇子正在拉拢开国元老们，此事千真万确。"

大臣乙："明显就是针对您，不得不防啊，太子殿下。"

刘波扮演的太子："难道……我真的穿越了？不会吧，一定是梦！"

"太子殿下？"

太子刘波没理大臣的茬儿："我记得我刚刚应该是……遭雷劈了！我×！我还真穿越啦！不可能不可能……我试试……来人哪！"

龙小天等的就是这一声，他急忙上台，嘴里还是小声地不

145

停："剧是死的，人是活的，苦大仇深苦大仇深……"

龙小天跑上舞台，往太子刘波面前一跪，学着老人的腔调："老奴在！"

"现在是哪一年啊？"

"回殿下，现在是乾隆十二年！"

太子一惊，转身道："乾隆十……噗……"

内务府总管装扮得十分草率，连胡子都粘歪了，脸上带着保险业务员特有的在无数次被客户挂断电话后的苦哈哈中撑起的乐观，但又生硬地装作苦大仇深。刘波实在忍不住，居然平生第一次笑场了。瞬间，他感觉大脑一片空白，耳鸣目眩，时间仿佛暂停了。

他心道："我是笑场了吗？我在台上，笑场了？我？……"

突然，台下传来了几声干笑。

刘波条件反射般看了过去。

老人中有几个在看戏的看到刘波笑场，也跟着笑了。其他大部分没看戏的也因为笑声和台上久违的安静被吸引了。

刘波再次耳鸣，心道："我……我看观众了？我打破第四堵墙了？"

刘波连忙转回头，说道："乾隆十二年？……乾隆十二……"

刘波再次耳鸣，心道："什么词儿来着……我忘词儿了？我在台上忘词儿了？"

原本正在笑的观众笑得更大声,其他人也轻轻地笑了起来。

刘波羞愧难当,下意识地问了出来:"什么词儿来着?"

台下笑声更大了。

龙小天小声说道:"再过四十九年……"却因声音太小被台下笑声掩盖了。

刘波没听清:"啊?"

台下笑得更大声了……

刘波心态崩盘,羞愤无比,他终于想起了词儿,继续把这出戏演了下去。但观众已经进入了"笑"的状态,虽然剧情里并没设置什么笑点,但整场笑声不断。

刘波在一种云里雾里的状态下演完了全场,谢幕时,台下响起热烈的掌声,而他早已汗流浃背。

演出结束,刘波冲回化妆间,坐到镜子前,目光呆滞。

团长满面红光地出现在刘波身边,兴奋地说道:"波哥,可以啊,外面这帮老头儿老太太笑得嘎嘎的。"

刘波脸色惨白,白了团长一眼,起身便要走。

正巧龙小天兴奋地冲了进来,见到刘波,一脸崇拜地说道:"刘老师,您太厉害了!"

刘波一愣,咬牙问道:"厉害?怎么厉害了?"

龙小天说:"我来的时候还想呢,这么多上年纪的人,得怎么才能把他们逗笑啊。没想到您刚才假装笑场，假装忘词儿，还直接打破了第四堵墙！没想到，真没想到。"

刘波面如死灰。

这时，又有人陆续回来，就听有人议论道："真是日从西边出，我这辈子竟然能赶上刘老师笑场！"

龙小天赶紧纠正道："什么笑场，那是演的，好吗？你看效果多好啊！一下就把气氛搞起来了。刘老师，我真是服了您了。您是怎么做到的啊，简直毫无表演痕迹，就跟真的一样。"

团长也在旁边扑哧一声笑了出来。

刘波再也听不下去，大吼一声，夺门而去。

龙小天被吓了一跳，望着刘波离去的背影，目光恢复崇拜之色，叹道："好演员啊……都有躁郁症。"

上了公交车，刘波难以抑制情绪，从眼圈微红逐渐变成痛哭。

旁边路人嘀咕道："这人咋了？"

另一人说道："没看出来吗？表演型人格。"说着，他拿起手机拍了起来。

龙小天骑着车上了过街天桥。望着川流不息的车辆，他情不自禁地停车，靠在栏杆边，眼前过着刘波刚刚的"表演"，不禁摇头叹道："为何你如此精彩？"

一回头,龙小天发现自己的车没了,无助地环顾四周。

行人路过,龙小天大声说道:"我的车没了,刚放这儿的。啧。"

回到家,龙小天一边换衣服,一边跟妻子滔滔不绝。

龙小天:"……就在我以为场子凉透的时候,你猜怎么着?"

妻子敷着面膜在沙发上玩手机,应道:"嗯。"

龙小天:"他就直接演了一个笑场!"

妻子仍目不转睛地看着手机,发现龙小天不出声了,抬头看向他。

龙小天:"……直接演了一个笑场,我的天,太厉害了。"

妻子:"你先吃饭。"

龙小天:"没事儿没事儿,他演完笑场啊——"

妻子:"一会儿凉了就。"

龙小天:"是,我知道。他演完笑场——"

妻子:"你吃。边吃边说。"

龙小天:"嗯。"

龙小天边吃边说:"这豆皮挺好吃的。"

妻子继续玩手机,龙小天闷头吃饭。

吃了一会儿,龙小天停住,目光出神,笑道:"太厉害了,怎么演的。"

妻子继续玩手机。

龙小天又吃了会儿,说道:"他还有躁郁症。"

妻子:"躁郁症?谁啊?"

龙小天摇摇头:"没谁,我猜的。"

家

凌晨两点,龙小天和刘波都难以安眠。

睡梦中,刘波皱眉呓语,龙小天那张苦大仇深的脸在他梦中浮现。他随即笑出声来,随后猛然惊醒。

刘波打开灯,喝了杯水,狠狠地捶了桌子一拳。然后,他拿起手机拨通了一个号码。

电话那头传来略显苍老的声音:"喂?"

刘波:"王老师。"

王老师:"唉。"

刘波:"我好像遇到坎儿了,我可能……迈不过去了,虽然我不想承认,但是我的演艺生涯可能从今天开始就——"

王老师:"哪位啊?"

刘波:"啊?啊,我,刘波。"

王老师:"刘波?"

刘波:"您的学生,07级,表演系的。"

王老师:"刘波……刘……啊,我想起来了,你是演特战队员那个。"

刘波:"那是刘旸。"

王老师:"啊,对,刘旸……刘波?你演的是那个……谁来着?"

刘波:"少爷,演少爷那个。"

王老师:"少爷?呃……你叫啥?"

刘波:"刘波,不重要,老师,我是想说……"

与此同时,龙小天家。

龙小天的妻子打着哈欠走出卧室。

龙小天:"醒了?"

妻子吓了一大跳,.赫然发现龙小天在黑暗中坐着。

妻子:"你有病啊!"

龙小天:"我突然有了一个很大胆的想法……虽然他很强大,他的表演无懈可击,但我也不是弱者,我想从今天开始练习!我要练习……你听我说没?"

妻子没好气的声音从卫生间传来:"听着呢!"

刘波还在和王老师通电话。

王老师:"这样啊……有困难,那就战胜呗。"

刘波:"您不懂!我已经陷入了深深的泥沼!"

王老师:"是哦,那你以后就努力不笑场。"

刘波："不！他太强大了，那张脸，太强大了……"

王老师："是哦，那怎么的，就得多练习呗。"

刘波："练习？"

这时电话里王老师的声音被另一人打断："干啥呢，不睡觉？"

"我打电话呢。学生，精神状态不太好。"

"大半夜不睡觉谁精神能好了？"

"行行……那个刘旸啊，我这儿信号不太好，要不有啥事儿咱白天再说啊？"

刘波兀自出神，喃喃道："得练啊……"

王老师："你听见没啊？我挂了啊！"

刘波："对，我要练习！"

龙小天："我要练习——演技、洞察力、模仿力、创造性！"

刘波："我要练习——憋笑！"

龙小天："我这个大胆的想法就是，我要……"

刘波："我一定要……"

龙小天："超越他！"

刘波："战胜他！"

冲马桶的声音传来。

龙小天的妻子："早点儿睡觉！"

超市

一星期，好好利用的话是很长的，龙小天和刘波的身影忙碌地在不大的城市里穿梭。

保险公司里，龙小天翻看各种教表演的野书。

剧场排练室里，刘波用手机看喜剧大赛，笑出了声，猛然给自己一个大嘴巴。

聚餐饭店的卫生间里，龙小天对着镜子，重复着内务府总管的台词，又模仿刘波笑场。
两个同事迎面走来，龙小天立刻终止。
同事笑道："飙戏哪？"

面馆里，刘波一边吃面一边看视频《憋笑的12个步骤》，心道："这么复杂吗？"

健身房里，龙小天疯狂锻炼。
公园里，刘波疯狂跑步。

周末，心安敬老院，临时化妆间。

刘波正读着剧本，龙小天走了进来。两人一愣，淡淡地打了个招呼。

龙小天准备好服装，往门外走去，忽而停住，说道："刘老师，我去趟超市买点儿吃的，给你带点儿什么不？"

刘波正打算换衣服："我……你买啥啊？"

"不知道，我先看看。"

"那就……得了，我跟你一起去吧。"

去超市的路上，两人沉默地走着。

超市门口正举办活动——"憋笑大挑战"，音响里也在循环播放活动内容。

"憋笑大挑战，高冷赢大奖，谁先发笑谁先输，谁最高冷谁才赢……"

龙小天和刘波沉默地逛着超市，外面的喇叭一直在循环播放游戏规则。

结完账，两人走出超市，往回走。走着走着，两人不约而同地放缓了脚步，停下，对视，心照不宣。

夕阳西下。

超市门口，穿着超市马甲的工作人员麻木地说道："我数'三二一'就回头，谁笑谁就输，明白没？"

两人点头。

工作人员："三，二，一，开始。"

两人猛然回头做鬼脸，接着变换表情，僵持了许久，终于累了。

停下来后，两人看着使尽解数的对方，终于绷不住，都笑了出来。

小路

两人拿着奖品在往回走的路上。

刘波："笑场？你模仿我这个干啥啊？你这一个礼拜就干这事儿了？"

龙小天："我当时以为你是演出来的嘛。"

刘波："谁演戏演笑场啊？你真是……"

说着，刘波停了下来，回头看了看超市。

刘波："等会儿，那你刚才是……"

龙小天点点头："嗯，演的，演的你。"

刘波："啊？！"

龙小天："啊。"

刘波："……啊？"

刘波仔细回想，突然笑了出来："嘿！还真是！合着到头来还是你赢了。"

龙小天露出一丝满意的笑容。

龙小天："但是你好笑啊。"

刘波："你好笑。"

龙小天："你可笑。"

刘波："嘿！"

…………

八
"城"家立业

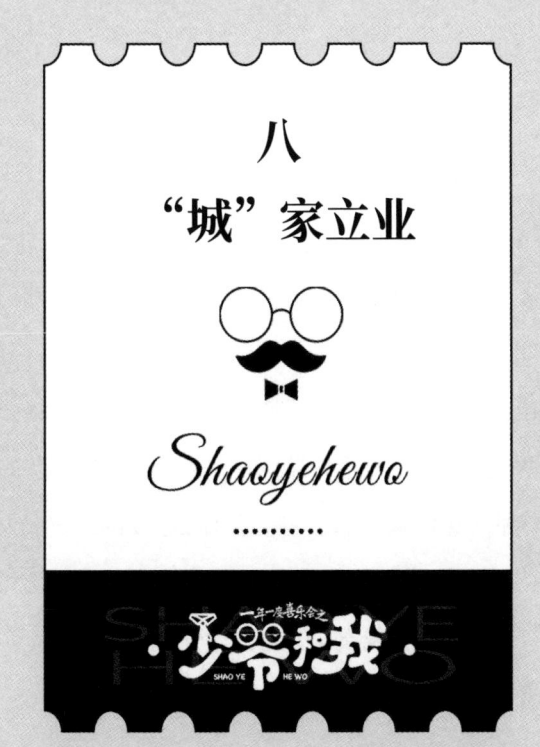

建兴十三年（公元 235 年），汉中附近一个只能歇马、连粮草都屯不住、名为"流乡"的小城外，魏、蜀两军正打得不可开交。两国连年征战，双方都已经疲惫不堪，大面上已经休战，但此处地处两国交界，小规模的冲突从未停止。两国军队的精锐早已在大规模战役中消耗殆尽，在这些不太重要的地方很少有大本营的兵源，都是当地的百姓把自己卖了当壮丁，为自己和家人换一口饭吃。他们有的卖给蜀国，有的卖给魏国，但究竟卖给谁，通常只是看来村里招兵的人是哪国的而已。

战场上交战正酣的两位正是如此，他们之前就是一个村的街坊，因为受到战乱的冲击，都被迫搬了家，没想到在战场上遇见了。只见这俩人以死相拼，恨不能把对方的肉咬下来，战衣甲胄都已破损——其实好多年前就这样了，似乎有些东西破到一定程度就不会再破下去——身上红黑相映,他们俨然是两个忠诚的死士,已经搅到一起,外人已经分不清他们谁是谁了。

突然,一阵锣响,两边各自鸣金,这两个人就像角斗场上听到回合的结束锣一样,把兵器一扔,各自松开,瘫倒在地上。

"今天打得不懒。"身上写着"蜀"的刘波说,"你那掌力劈华山精进了呀,直接给我干脱臼了。"

"你刚才那招扫堂腿不错啊,"身上写着"魏"的张哲华说,"差点儿给我踹骨折。"

"闹呢?明天再打?"

"嗯呢,明天打。"

张哲华爬了起来,四下张望。这一场仗,双方一会儿你追我,一会儿我追你,东二十里南三十里,现在已经不知道打到哪儿了。

"这是打到哪儿了这是?"

"不道啊,三年前好像也打到过这儿。"

两人一边四下看,一边在战场上找能带回去的东西。张哲华不小心踩到一具死尸的手,那"死尸""嗷"了一嗓子爬了起来,吓得刘波和张哲华立刻持刀戒备。只见"死尸"脸上抹得黑不溜秋、血糊糊的,身上穿着破兵衣,前面一个"魏",后面一个"蜀",左右两个胳肢窝各夹着一支箭。最奇怪的是,他还拎着一个书箱。他显然非常慌张,胡乱转圈圈,身上那一"蜀"一"魏"两个字搞得张哲华和刘波一会儿举刀一会儿放下,都不知道这人是敌是友。

刘波和张哲华对视,一脸疑惑。再看一会儿,两人发现这人脸上的土和血都是涂上去的,如果洗干净了,他完全是个漂亮小伙儿,而且从他眉目间的气质来看,显然他是个书生。

这人把胳肢窝里的箭和书箱都扔到地上,然后往地上一跪,正要求饶,然而面对这一蜀一魏两个军士,他突然蒙了,不知道该用哪一套词儿。他想了半天,说:"二位军爷,你们……你们怎么不打呀?"

"打?哦,今天的打完了。"两个人相视大笑,惹得这书生一脸迷茫。

对于这个年代的人而言,平静是偶然的,战争才是正常的。这一天,天过四更,守在流乡城墙上的刘波在睡梦中听到了马蹄声。等他揉着睡眼从垛口瞭望时,对方已经在一箭之地了,他赶紧一巴掌拍醒儿子刘浪,大声通知其他守城士兵:"偷袭了!快醒醒,要放箭啦!注意躲避!"

话刚出口,一支箭已经飞到,一下钉在刘浪耳朵边上。

刘波一把把他拉到贴墙的地方,骂道:"小兔崽子,还睡,要射死你啦!"

刘浪这下也醒了,骂道:"咋老让人偷袭啊,梁探子这情报咋搞的?"

刘波拍了他脑门一巴掌:"'梁探子'是你叫的吗?让他听

见又得找我碴儿了。出了家门口叫'百人将'。"

趁一拨箭射完,刘波抱着孩子往哨卡冲。他刚冲进去,下一拨箭又射过来了。

刘波喘着粗气说:"真惊险,还好我耳朵灵。该死的魏军,都鸣金收兵了又搞偷袭。不说这个,《论语》熟读并背诵了吗?"

刘浪揉着脑瓜被拍的地方说:"爹,那夫子就会半本《论语》,我都读了两年了,还能背不熟?"

刘波摸出水袋,喝了一口,然后递给刘浪:"那我考考你。'子曰,学而时习之',后边是什么?"

刘浪抓耳挠腮,想了半天:"……时习之,不……"

他本想说"不知道",刘波接道:"'不亦说乎'。没错,再考你。'有朋自远方来',后边是什么?"

"不——"

"'亦乐乎'。后面呢?'人不知,而不愠'——"

"不——"

"'亦君子乎'!行,儿子,都答对了。"

刘浪擦擦汗,自语道:"谢谢你啊,孔子,说话格式是真统一啊。"

"不过,你那个先生教不了你了,我估计得给你换个新先生了。"

刘浪挠挠头,听前半句还以为以后不用再学了,一听后半句，感到有点儿失望。

这时就听外面守城的士兵纷纷说着魏兵退了，刘波探头看了一眼，果然火把已经离开十几里远了。他揉揉刘浪的脑瓜，说："爹刚才太着急，把你拍疼了吧？一会儿补偿你，等天亮了可以吃半饱，行不？"

刘浪笑了，点了点头。

这时，刘波听到五更鼓响，远方天际线已经开始放光了，他再睡也睡不了了。于是，他去城头拔了支火把回来，打开哨卡中的一个地窖盖子，朝下喊了声："孙先生，睡得好吗？"

刘浪往下探头，就见火光下一个脸上血糊糊的人揉揉眼坐起身来，惊恐地往上看。他问道："爹，这是谁？你抓住细作了？"

刘波又拍了一下他的脑瓜："什么细作，这是孙先生。"

"啊，先生？"

"对，而且不是一般的先生，这位可是吴国名仕孙溢清。"他揉着刘浪头上自己刚拍的地方说，"宝贝儿，五年了，你终于能从一年级升到二年级了。嘿嘿，孙先生，不好意思，没跟你商量，今天这个孩子就跟着你学了，吃喝拉撒，我都负责，行不？行的话，我就放你上来。"

孙先生把手一摆："不行！"

刘波作势要盖地窖盖子。

孙先生赶忙道："——就太不给你面子了！"

刘波把地窖盖子挪开："那我就当你答应了啊。上来之后可不要叫，让别人知道你在这儿，咱俩就都完啦。刘浪，去把梯子搬过来。"

刘浪搬来梯子，刘波架好，挥了挥手，孙先生爬了上来。

天空已经有亮光，孙先生爬上来之后向四周看了看。

刘波说："这是我负责的哨卡，可偏了，平时没人来，在这儿上课最安全。"

他将火把架好，就把刘浪拉到孙先生面前，命令道："跪下！"

孙先生应声跪下。

刘波吓了一跳，赶紧把孙先生扶起来："我是让他跪。"

刘波又说："行礼！"

孙先生赶紧行礼。

刘波赶紧搀着他："我是让他行礼！"

刘浪跪下磕头："先生好。"

刘波说："答应！"

孙先生看看刘波，没出声。

刘波点点头："这回到你啦。"

孙先生这才反应过来："唉！唉！好学生，快快请起。"

孙先生扶起刘浪。

刘波怕动静太大，便动作夸张但声音轻轻地拍了拍手，笑道："行！礼成！既然那啥了，就是一家人了，饿了吧？先吃饭。"

刘波往一张简易的小桌子上放下一锅糙饭。

三人已经坐好,刘波分给先生一把勺子,说:"今天高兴,不要客气,都往半饱了吃啊。"

"好哟!"刘浪拍手,开心地吃起来。

孙先生受了感染,小心翼翼地盛了一勺,吃了一口,差点儿没吐出来。

刘波咽下一大口饭,说:"咋?不好吃?"

孙先生赶紧摇头:"不不不,我饭量小,不饿。"

刘浪边嚼边说:"那挺好啊,之前的先生饭量大,饿晕了直接从城墙上摔下去了。"

孙先生大惊:"啊?"

刘波赶紧安抚道:"但没死!是吧,刘浪?没死没死。"

刘浪心领神会:"哦,对,对对,没死,就是让墙上的箭尾划了喉咙,哑巴了。"

孙先生更害怕了,吓得哆嗦起来。

刘波把筷子一放,点着刘浪说:"你别老说这些没用的,把你平时的卷子拿出来给先生看看。"

刘浪不停嘴:"没了,都被细作偷走了。"

孙先生问:"他们偷你卷子干啥?"

"先生有所不知,我的卷子可厉害了,总是被梁探——被百人将选中当暗号本,所以就很抢手。"

刘波拍他脑瓜道:"那不因为你老写错吗?!啥'关关雎

鸠，覆水难收'的，谁能猜得到？卧倒！"

刘波话音没落，一支箭已经射在柱子上，一阵箭哨呼啸而来，父子二人娴熟地躲到掩体下面。过了好一阵，这箭雨才停，两人爬起来。而孙先生已经头部中箭，倒在地上了。

刘浪大喊："爹，孙先生死了！"

刘波过来一看，懊恼地拍大腿，叹道："唉……可惜了。也是怪我，我怎么这么大意……"

桌上的饭锅也被箭射翻了，刘浪心疼地看着，又看看孙先生，问父亲："那现在咋办呢？"

"还能咋办？你搭把手，把尸体抬过来，那边垛口刚好缺个箭靶。"

此话一出，孙先生突然睁开眼，坐了起来，道："没没，没死，假的，假的！"

父子俩被他吓了一跳，就见他摘下头上的发箍，原来上面用一支断箭做成插进去的样子，孙先生把这截断箭递给刘波，说："乱世出行，不得不随机应变。"

刘波接过发箍，仔细看了看，说："你之前胳肢窝夹的就是这玩意儿吧？"

孙先生点头。

刘波感叹道："你们吴国人是真有法儿啊！"

孙先生暗自嘟囔："没有你们蜀国人有法儿。"

"你说啥？"

"我说，还是不应该弄虚作假。那个是刘浪，是吧？你们夫子失声之前，最后一课教的是什么呀？"

刘浪倒记得挺清楚，答道："得失心。夫子说，得失心不要太重。"

孙先生点点头："挺好的呀。"

刘波说："后来让梁——让百人将一顿打呀。百人将说，得失心不重打什么仗？我看是得失心疯了。"

孙先生小心翼翼地说："我看你们百人将也挺有才呀，要不让他教吧？"

刘波一听，突然愤怒地站起来，怒吼着冲向孙先生。

孙先生顿时吓得瘫软在地上，忙叫道："我不是这个意思……"

刘波却没有停留，径直越过孙先生，冲到城墙边，推开搭在城墙上的梯子。就听下面传来"咚"的一声。刘波拍拍手上的土，说："小样儿！"

刘浪探头道："云梯啊。"

孙先生抱着头怯怯地问："死人啦？"

刘波坐了回来："不知道啊，应该死不了。"

这时，刘浪一抬头，发现二楼也搭了一架梯子，还绑着红绳，穿着魏国衣服的小兵背对着大家正顺着梯子猫下来。

"又来一个。"刘浪发声喊，抄起菜刀就要往前冲。

刘波赶紧把他按住："别，是他来了！"

"谁?"

"先卧倒!"刘波两臂张开,把刘浪和孙先生扑倒,一阵箭雨又射了过来。

箭雨终于停止,大家喘了口气,刚刚起身,就见从二层平台上下来一个魏国兵,身后跟着一个穿着改小了的魏兵服的小女孩儿。

刘浪愣了一秒,抄起菜刀喊道:"哎,魏贼!拿命来。"

"慢!"刘波赶紧把他按住,"这是你张叔叔,带孩子过来跟你一起上课的。"

原来,来的人正是张哲华。他把兵器解下来放在墙边,然后来到刘浪跟前,瞧了瞧他:"这就是小刘啊,挺高啊长得。"又对小女孩儿说:"来,张望,这是你刘叔叔,上前叫叔叔。"

"刘叔叔好。"小女孩儿叫道。

"小张好。"刘波拍了拍张望的肩:"你这闺女长得真俊。"

刘浪傻了,看看爹又看看张哲华,看看张望又看看爹:"不是,爹,你通敌了?"

"我通啥了?你孙先生是我俩一块儿发现的,我们说好了,大人归大人,小孩儿归小孩儿,不能堆一块儿说。"

张哲华也坐了过来,说:"对,以后上半个月孙先生在你们这儿,我带孩子过来上课;下半个月你去我们那儿。欸?孙先生呢?"

大家转头一看,才发现孙先生又胸部中箭,倒在地上了。

张望指着地上的孙先生喊道:"爹,那个人死了!"

张哲华懊恼地拍大腿:"唉,咱也太不小心了……可惜了!那咱一起搭把手,把他抬过去,我看你们那边垛口缺个箭靶。"

孙先生一骨碌爬起来,将一支箭举在手里,说:"没死没死,假的假的。"他苦笑道,"你们当兵的思路咋都差不多呀。"

张哲华瞪大眼接过孙先生自制的箭,正正反反看了一会儿说:"你们吴国人是真有法儿啊。这就是那天你胳肢窝里的那箭吧?那天我就是看那箭以为你死了。"

孙先生苦笑:"你们魏国人也不差呀!"

张哲华笑了笑,说:"那啥,跪下!"

孙先生腿一软,又跪下了。

"我没说你。来,张望,给先生行礼。"

小女孩儿缩在张哲华身后不出来。

张哲华笑了:"咋这没出息呢?那啥在家可横了。"

刘波劝道:"哎呀,你别为难孩子,一会儿熟了就好了。刚才饭吃了一半被射翻了,我再去弄一锅,摆得靠里一点。今儿高兴,都放开了吃,咱们大人每个人都能吃三分饱!小孩儿吃全饱!"

小孩子的友谊很容易建立,张望和刘浪很快就玩熟了,他们难得吃饱了饭,在一旁玩玩具。张哲华和刘波还在埋头"干"饭。张哲华把珍藏的咸菜带来了一疙瘩,两人吃得别提多香了。

孙先生看看他们，又看看饭，心想："难道只有我觉得非常难吃吗？"

天空中有箭矢飞过，刘波咽下一口饭，道："那啥，浪儿啊，你保护着点儿你小张妹妹，小心冷箭啊！"

张哲华说："没事儿，我们那边今天是神射手夏侯准当班。"

孙先生惊道："神射手？那不更完了吗？"

张哲华含着饭说："先生有所不知啊，夏侯将军绝对不射小孩儿。射咱这样的，一射一个准儿。"

说完，他拿起桌上的锅盖，猝不及防地挡在孙先生面前，一支冷箭像被锅盖吸来一样，扎到锅盖上。

张哲华说："你看看。呵呵！卧倒！"

大家一起趴下，等着箭雨，结果半天没动静，大家又坐了起来。

张哲华说："起来吧，假警报。"

刘波用袖子擦了擦弄脏的筷子："老张，你们最近咋老放空箭？"

"嘻，会计没算好。"

"咋可能呢，你们孩子那王先生算术多好啊，不是还在军中兼职会计吗？"

"那不开春让你们俘虏了嘛，不改成你们孩子的王先生了吗？他现在咋样？"

"啊……挺好，就是摔下……就是后来不咋爱说话了。"

两个小朋友看大人们又继续吃饭，就接着刚才的游戏玩儿。

刘浪说："张望妹妹，你刚才说给我看个什么好东西？"

张望拿出一个拨浪鼓，说："这个。"

"这是什么？"

"我也不知道，是在一个老爷爷身上发现的，可惜我看到的时候，他就被战马踩死了，没法问他。"张望转了转小鼓，"还挺响的。"

"我知道了，这不就是鼓嘛，鼓响了就得进军了。"

"可是这鼓也太小了吧。"

"小鼓可能是给小兵进军用的呗，说不定有的地方五六岁就得当兵，他们用不着大鼓。"

"可真惨。跟他们比，咱们好幸福呀。"

周围这会儿比较安静，这一席话，三个大人听得清清楚楚，集体沉默了。

孙先生回头看着两个孩子，看了许久，叹了一口气，说："唉！说实话，那天在战场上，我以为你们俩军爷拿我这个读书人寻开心。直到看到这两个孩子，我才明白你们这些当父母的心，但毕竟……毕竟我们三国交战……"

突然，张哲华和刘波怒气冲冲，各自拽出腰刀。

孙先生吓坏了，摆着手说："我我我我不是这个意思……"

没想到张哲华和刘波却没冲他来，这俩人打了起来，孙先生呆住了。

就见远处跑来一个小校尉，边跑边喊："刘波听令，我军即将发动总攻，目前发现可能有奸细混入，现命你……你先打着，加油！"

那个校尉扭头回去了。

张、刘二人还不放心，一边假打一边聊，却没注意，边上地窖的盖子悄悄抬起来了。

刘波用刀架住张哲华的刀，眼睛往周围看，瞧瞧还有没有别的人来，同时对张哲华说："该说不说啊，老张，刚才你们夏侯将军当班这事儿算军事机密了吧，咱俩合作归合作，交情再深也不过情报，我当没听着啊。"说着，他一脚将刚刚抬起一点儿的地窖盖子踩上。

张哲华的刀没用力，压在刘波的刀上。

两个人就这么架着刀转圈，张哲华也四下张望着说："哎呀，瞧我这张嘴，刚才总攻的事儿我也当没听着，哈哈哈。"这回他转到地窖盖子旁，把刚刚再次抬起来的盖子又踩上了。

刘波摇头道："拉倒吧，一个月说三次要总攻，三年了也没攻，就怕有细作啊。恐怕是攻不了了……"

这次刘波又转过来，第三次把地窖盖子踩上。

地窖里忽然传出一声怒吼："都给我起开！"

刘波这时刚好转开，地窖盖子像喷气一样被猛地掀开，一个人顶着一脸血露出了头。

刘波一看来人,突然一脚把张哲华踹翻在地,把刀架在他脖子上,恶狠狠地盯着他,夸张地喊道:"哎,魏贼,拿命来!"

边上张望吓坏了:"爹!"

从地窖上来的人说:"别装啦,是我。下脚也太狠了吧。"

刘浪笑了:"啊,梁探——百人将叔叔……"

上来的人正是梁探子。他抹着鼻血,看见边上一具死尸,吓得跳了起来。原来孙先生又"死"了。不过梁探子很快看明白了,说:"你也别装死了,赶紧起来,不然我把你放城墙上当箭靶子!"

孙先生睁开眼坐了起来,赶紧跪倒说:"这位军爷,我其实是——"

刘波拍拍他,说:"不用解释了,这是梁探子。"

"叫我什么?"梁探子瞪着刘波。

刘波赶紧改口:"梁百人将是我军第一探子,方圆十里哪只鸟下蛋了,他都能知道。我们的事儿,瞒不住他。梁探子,我想求个人情,这次的事儿,错都在……这个魏贼,饶了我们可以不?"

这话让张哲华措手不及:"哎,刘哥,你也太不地道了啊。"

梁探子不依不饶道:"你以为这样就能脱得了干系?刘波,窝藏平民,跟魏贼暗通款曲,你可知罪?"

"知……知罪。"

"还有你,张哲华,入我蜀国边境,吃我蜀国粮食,还——"他指指自己,"踩我蜀国将士,你可知罪?"

张哲华这才想起来扔掉刀,说道:"我……知罪!"

"还有你,吴国名仕?弄虚作假,你可知罪?"

刘波赶紧说:"哎,有一说一啊,他是我俩绑来的。"

张哲华也说:"就是,战乱时期装个死,给人家扣这么大帽子,不合适。"

"什么不合适?孙溢清都七十二的人了,你看他那脸,撑死了也就二十七,他最多是孙溢清的徒弟。"

孙先生说:"我是为了自保……我……知罪。"

梁探子满意地晃了晃头,说:"既然你们三个都知罪,那就……"只见他将一个小孩儿从地窖中抱出来,"加我家孩子一个呗。"

大家愣了,突然间都大笑起来。梁探子赶紧打手势让大家小点儿声。

"噢,当然可以。"刘波说,"那这一个月,这儿就合二十天,张兄你那儿十天,因为我们这儿俩人儿。"

张哲华击掌道:"我赞成。就是不知道孙先生——"

"我姓蒋——"

"就是不知道蒋先生——"

"好说好说,一只羊也是——"家长们一听,瞪起蒋先生来,他赶紧改口,"——四条腿,两只羊多少条腿啊,孩子们?"

三个孩子同声道:"不知道……"

张哲华说:"不好意思,孙先——蒋先生,我们孩子基础有点儿怪,你得这么问,一个当兵的能接四支箭,两个当兵的能接多少啊?"

"八支!"

蒋先生愣了:"这是什么道理?"

张哲华叹了口气,道:"孩子们——"

刘波接道:"没见过羊。"

梁探子点点头。他看看远处,隐隐看到了火光,他说:"要不孙——蒋老师,您先上课,一会儿真要发起总攻的话,我们还得到岗厮杀。"

"行倒是行,只是看这箭雨越来越频繁,如何上课啊?"

张哲华和两人对视一眼,点了点头,说:"交给我们了。"

趁着难得的休战间隙,三个家长在城墙下面贴着城墙搭了一个简易的小棚,这就是三个孩子的学房了。

这天晚上,学房终于"竣工",张哲华领着蒋先生和三个孩子来到这里,把手一挥,说:"怎么样,不错吧?"

蒋先生叹道:"可怜天下父母心,弄得还真不错!"

小棚里面已经点起火把,蒋先生招呼孩子们进去:"孩子们,都进去坐好,今天咱们就开始上课,这第一课嘛,就教你们一些成语。"

蒋先生顺手捡起一支箭,在城墙上写写画画,这城墙就成了"黑板"。

他边写边念:"歌舞升平。就是形容安乐祥和的人间,每个人都很开心,唱歌跳舞。你们谁能造个句呀?"

刘浪先举手:"我能!歌舞升平……歌,舞,升,平……有了,大哥,吾生平最敬重仁义之士,今天我们就结拜为兄弟——"

蒋先生扶额:"呃……你这什么玩意儿?"

"桃园三结义啊。"

"你一个蜀国孩子,说这个故事情有可原,但是不能拆词儿,'歌舞升平'整体是一个词儿。"

刘浪摇头,说:"我实在弄不懂这个词儿啥意思。"

张望也说:"我也是。歌舞是啥?"

"歌舞嘛,就是唱歌跳舞。"

刘浪激动地问:"为啥啊?一唱歌不就暴露位置了吗?"

张望也说:"跳舞,我也听说过,说是把身体都展现出来,应该更容易被射死吧?"

刘浪想了想,拍手道:"噢,现在我明白了,歌舞就是自杀的意思。"

蒋先生赶紧摆手:"不是!在这个词儿里,唱歌跳舞是在房子里,射箭也射不着他们。"

刘浪反对:"房子没用,有房子还是会被射到啊。"

蒋先生苦笑:"这哪叫房子,这只能叫窝棚。房子的话,有墙有床——"

小梁突然问："什么是床？"

蒋先生语塞，没想到孩子连床是什么都还不知道，不禁摇摇头，道："算了，这个词儿，过。这几个词儿，看看你们听过没有。国泰民安？天下太平？河清海晏？刀枪入库？马放南山？"

孩子们连连摇头。

"好难啊，根本记不住。"刘浪说。

梁探子在一边旁听，这时插话道："老师，不好意思，我插一句啊。其实我们孩子也会点儿，但会的不是这些，我们教过点儿别的。"

"哦？教过什么？"

"比如，剑拔弩张！"

"对。"刘波说，"刘浪，你给老师说，我教你的那叫四面什么？"

刘浪和张望一齐说："四面楚歌！"

张哲华也说："狭路相逢——"

大家一齐道："勇者胜！"

蒋先生明白了，他叹了口气，倚在城墙上。大家沉默了。

过了会儿，梁探子说："您刚才说的那些词儿，离孩子们的生活太远了，恐怕很难理解。"

蒋先生眉头皱成了一团，他在棚中转了两圈，说："孩子们命苦，长在乱世，咱们也一样，这我当然理解。虽说如此，如果人人对于和平和幸福都没有向往，都想着杀杀杀，这仗也就永远打不完了。有句话，我这书呆子说了，你们别不爱听。我就想，仗已经打成这样了，大家还成什么亲、生什么孩子啊，这负责任吗这？这不让自己的亲生骨肉——"

刘浪打断道："先生，我不是我爹的孩子，我是我爹捡来的。"

张望点点头，说："我也是。"

小梁也点头，说："我也是。"

蒋先生转头看着三个男人。战火和灰尘已经完全把他们浸透，在火光下仿佛三块已经熏老的腊肉，又黑又臭又硬。他一时语噎，说不出话来。

梁探子说："他们都是本地孩子，当年仗打得突然，百姓们逃难的逃难，死的死……没有更好的办法了。"

蒋先生沉默，风中又传来鼓声，开始有零星箭支飞过城墙，落到地上。

刘波问张哲华："你们抢先总攻了？梁探子，你咋不知道？"

梁探子摊了摊手，敲着小棚的木板说："我这不……擅自离岗了嘛。"

张哲华说："不怨他，我们换密码本了，这次用的是我闺女作业。"

刘波说："嘿，你咋不告诉我呢？"

"你不是说咱两家不过情报吗？"

"那是我不过给你！你咋还不过给我呢？"

梁探子比了个停止的手势，转头对蒋先生说道："蒋先生，也是我打扰您，您快上课吧。一会儿他们的人杀过来，我们又得去守城，就更没有时间了。"

刘波和张哲华也道歉："是，我们都太多嘴了。"

蒋先生皱着眉头，重新打量眼前的人，又想了想自己。从在战场上被张哲华踩到开始，这么长时间来他自己第一次觉得自己重新变成了读书人。他看了看天空，沉思片刻，说道："好，那孩子们，我今天就教你们一首诗吧。"

流矢渐渐变多，鼓声渐近，喊杀声也起来了，蒋先生用箭头在墙上写下一首诗。

十五从军征，八十始得归。
道逢乡里人："家中有阿谁？"
遥看是君家，松柏冢累累。
兔从狗窦入，雉从梁上飞。

梁探子小声对刘波和张哲华说："咋还没写完，这首诗这么长啊。"

刘波说："如果有一天一首诗最多四句、每句不超过五个字就好了，那就好背了。"

张哲华说："咋可能呢，不过要真那样，可就绝了句了。"

中庭生旅谷，井上生旅葵。

舂谷持作饭，采葵持作羹。

羹饭一时熟，不知饴阿谁。

出门东向看，泪落沾我衣。

　　蒋先生终于写完，用箭一字一字指着把这首诗朗读了一遍。孩子们也跟着读起来。烛光照着他们稚嫩的脸，越来越近的喊杀声仿佛不存在一样，三个"爹"痴痴地看着这个场面，呆住了。

　　一千七百多年过去了，这座城墙经历无数风霜雨雪，见证了一次次兴衰，竟留存到今日，成为一个景点。

　　一天，一支小学生春游队伍来到这里。老师指着城墙上隐约可见的字迹说："大家停一下。这里啊，你们可以多看看。传说，在后汉的时候，一个吴国的名仕在这里同时教了魏国和蜀国的三十个小孩儿学文化，长达十五年。后来这些小孩儿长大了，每个人都学识渊博，但没有一个在朝廷做官。"

　　一个男孩子问："为什么呢？"

　　老师笑笑说："你猜！"

　　小男孩儿问边上的小女孩儿："你说为什么呢？"

　　小女孩儿摇摇头。她摸了摸刻痕，从书包里拿出纸和铅笔，把纸垫在墙上，轻扫铅笔，开始在墙上拓字。

　　过了一会儿，老师带着大部队往前面走了。

那个小男孩儿跟上去走了几步,又停下,等着小女孩儿。

"你们俩跟上!"老师在远处喊。

小男孩儿说:"马上!就来啦!"

小女孩儿终于拓完。小男孩儿帮她把文具袋放回背后的书包里,拉上书包拉链,牵着她的手向队伍追去。

两人跑得气喘吁吁,终于追上了。

这时,队伍走到一条繁华的小街上,附近除了卖吃喝的,还有不少卖旅游主题文创产品的,有卖玩具长戟的,还有卖玩具弓、箭、盾、小铜锣和小鼓的。

小女孩儿走到一个摊位前,拿起一只拨浪鼓,轻轻摇了摇。拨浪鼓发出咚咚的响声。

小男孩儿说:"你说,古代的军队打仗,开始冲锋的时候是不是就是因为听到了这种声音?"

"可能是吧。"小女孩儿说,"好在现在不打仗了。"

两人找了个地方坐下。

小男孩儿说:"你刚才在城墙上涂什么呢?"

"这叫拓字,我爷爷教我的。"小女孩儿说着把刚才拓字的纸展开。

"什么字呀?让我看看。"

只见一张纸上拓的是一首诗:

十五从军征,八十始得归。

道逢乡里人:"家中有阿谁?"

遥看是君家,松柏冢累累。

兔从狗窦入,雉从梁上飞。

中庭生旅谷,井上生旅葵。

舂谷持作饭,采葵持作羹。

羹饭一时熟,不知饴阿谁。

出门东向看,泪落沾我衣。

另一张纸上只有八个字,写得歪歪扭扭,看着像是小孩子写的。这些字全是繁体字,两个小孩儿都不太认识。

小男孩儿说:"咱们去问老师吧。"

"我在这儿呢。"原来,老师不知何时已经来到他们身后。

"老师老师,这是什么字啊?"小男孩儿问。

"这是一首诗,叫《十五从军征》,咱们下学期就会学了。"

"那这几个字呢?"

老师仔细看了看,笑着回答道:"歌舞升平,国泰民安。"

九
真善美的小世界

Shaoyehewo

鑫仔开着车,看着窗外的大雪发愁,如果不是这破天气,他应该早就在首都机场降落,此时在赶往《一年一度喜剧大赛2》录制现场的路上。而现在,他只能把这辆旧桑塔纳开回所住的小区。天气预报说大雪将持续到明天上午十点,现在不但机场封了,连去机场的高速公路也禁止通行。

这时,经纪人的电话打来了。

鑫仔接通电话,问道:"马老师咋说?"

"他说,既然你赶不过来,就先不让你上了。那谁,小马不是就在北京嘛,就让他演了。"

鑫仔有点儿急了:"那去不了是我的原因吗?我人都到机场了。好家伙,我咔咔背了半年的词儿啊,说不演就不演了?"

"人家小马也背了半年嘛。"

"根本没他的戏,他背什么玩意儿啊?"

"这不就是做足准备等风来嘛。"

"等风来卷着大雪把我的航班叫停啊?现在的人都是这么思考问题的,是吗?"

眼看车已经到达小区门口,平时正常抬起的栏杆这次却没动。鑫仔想,这大雪把航班下罢工了,难道栏杆也受影响了?

"咱也没想到今天有暴雪啊,人家的节目也不能空着不录不是?"经纪人安慰道,"算了,哥,一个综艺,平常心。咱还是等等王导那个戏吧。"

"哎,我发现你这人是不是没啥上进心啊,我好你才能好,知道不?"

鑫仔往后倒倒车,重新靠近,那栏杆还是不动。他按响喇叭。就在这时,一个雪球飞来,正中他面前的挡风玻璃,吓了他一跳。

"谁这么不长——"鑫仔摇下车窗大喊,但他一看见扔雪球的人就把后面的话又咽了回去。

原来,那是一群球迷,各自把球队的队服套在厚厚的棉衣外,撑得鼓鼓的。其中,有些人脸上涂着彩标,有些人举着小旗,但无一例外,他们全都臊眉耷眼的。显然,这是因为球队输了球。

他们这身球衣唤醒了鑫仔的回忆。"头可断,血可流,辽A士气不能丢""辽A辽A,誓捧金杯",曾经,他也同周围的人一起将这些口号喊彻云霄。

刚才那个雪球就是球迷中的一个小胖子扔的。

鑫仔这一喊，众人一齐看过来，而他一瞬间想起往事，心有不忍，后面的话憋了回去，把"不长"当成"部长"，对着电话里说道："哎，部长，部长，您说。"

球迷中有个年纪大的拍了一下小胖子，说："你干啥呢？"

小胖子说："我看那车一直在那儿摁喇叭，不爽。"

"出息！拿谁撒气呢？咱们东北球迷的精神呢？"

小胖子哭了："哥，咱们咋能输连Ａ啊。"

"憋回去！头可断，血可流，辽Ａ士气不能丢！胜败乃兵家常事！走，泡澡去。"

一行人噙着眼泪，走进了小区。

鑫仔迷茫地看着他们，经纪人正在电话里大声道："什么部长？你是不是迷糊了？"

鑫仔没理他，栏杆还是不抬，他继续按喇叭。

一个神色慵懒的保安从保安室里探出头来张望。

经纪人还在电话里矫情，鑫仔便摇下车窗，开始问保安栏杆是怎么回事。

听到经纪人在电话里打酒嗝儿，鑫仔又转向手机，问道："你不会又喝酒了吧？"

哪知保安刚好喝了酒，听到这话不对味，就从保安室里出来了。就在他走到跟前时，鑫仔的手机正好没电，关机了。

鑫仔气得对着黑掉的电话骂道："×！一天天不干正事儿就

知道喝。"

"哎,你说谁呢?跟谁骂呢?自己想招儿,胆大你就闯进来!"保安一生气,转身进屋了。

就在鑫仔所住小区的一栋楼一楼楼道内,一个年轻人狼狈地站在门前敲门。他穿着西装工作服,胸前挂着工牌,半只袖子被扯开了线,一只手上绑着纱布。他是张哲华。他用没受伤的那只手敲了半天,而门内毫无反应。

张哲华急了,喊道:"你别以为你不出来我就不知道你在家。我跟外面观察半天了,你家亮着灯呢!你家狗咬人还不认账啊!误工费不赔,疫苗的钱,你得出吧?出来出来!遛狗不拴狗,等于狗遛狗!吓坏小猫咪!都是大傻——"

没想到他敲的门没开,邻居门却开了,一个脸上带疤、面目凶狠的大哥穿着背心站在门里。张哲华知道这个大哥,这个大哥利用一楼的便利开了个小卖部。张哲华还时常到这个小卖部买吃的。即使有点儿熟悉,大概是因为大哥面露凶狠,张哲华还是吓了一跳,后面的话也吓了回去。

他见大哥盯着自己,便嗫嚅着解释道:"她家狗把我咬了,我打完针找她要赔偿,她现在耍无赖,不出来。"

大哥开口了,没想到语气竟然很和气:"爱家的是吧?中介?"

张哲华想,自己这身西装,谁看谁认识:"是呢,大哥。"

"给我个名片吧，这房子我想卖了。"

张哲华惊喜万分，要是真能碰上一单生意，这被狗咬就太值了。他赶紧掏出名片递上前："那没问题，大哥！有需要就给我打电话。大哥贵姓啊？"

"姓刘。"大哥接了名片，关门，回屋。

张哲华看对面那户依旧没反应，便加大了敲门力度："你别当缩头乌龟，不然我可骂你八辈祖宗了啊！"

话音刚落，邻居大哥又出来了，表情十分严肃。

张哲华又噤声了，然而大哥说话依旧和气："那啥，教育孩子呢，小点儿声。"

"啊，好的，刘哥。"

刘哥回去了。

张哲华举手欲敲，又犹豫起来，没想到门竟然开了，出来一个五十多岁穿着睡衣的妇女，只见她敷着面膜，手上抱着一只戴着项圈、前腿绑着绷带的斗牛犬。

张哲华原本气势汹汹，这会儿似乎突然蔫儿了，从内兜里掏出一堆收据，嘟囔道："那啥，卫生站有两种疫苗，我选的是国产的，四针一共三百多块。但是大夫说我还得打免疫球蛋白，已经交过钱了，还没去打，全算上，一共一千五。"

妇女瞟了一眼那些单据，淡淡地说："我正等着你来呢。"说完像变戏法一样，居然也拿出一沓收据。她递上前去，说："拍片二百四，检查费三百五，麻药、输液、内固定手术小两千,再加上一个月后的复查,一共三千八。拿钱吧。"

张哲华蒙了,反应了一会儿才说:"不是……我被你家狗咬了,最后还得我给你钱?"

"你还给它脚踩骨折了呢,你咋不说?"

"他不咬我我能踩它啊,我疯了?!"

"它为啥不咬别人光咬你呢?不反思反思自己吗?是不是当时你招它了?是不是你身上有烟味儿刺激它了?是不是你跟它大眼瞪小眼了?"

张哲华被这一串话撑得一时间无语。

妇女又接着说:"行,我也不为难你,刨去你那一千五,你再给我两千三。现金、扫码都行,你看怎么给吧。"

楼外面车喇叭声阵阵传来,张哲华更加心烦意乱了。

车喇叭正是鑫仔按的,保安已经不再理他,他放弃了和保安矫情,自己下车查看。原来是积雪糊住了自己的车牌,所以识别不出来。他一脚踹掉车牌上的积雪,栏杆应声而起。鑫仔低声骂了一句,回到车中,准备将车开进小区。

那保安正开着窗户喝酒,鑫仔经过旁边时看着来气,扭头冲着他比中指。结果,鑫仔扭回头来,有个人刚好臊眉耷眼地从他车前经过。他赶紧踩刹车,自己一下磕到方向盘上,他不禁抬头骂道:"干什么玩意儿啊!这么大个车,看不见?"

而外面那位仿佛根本没听见,依旧臊眉耷眼地往前走。

鑫仔感到今日诸事不顺。接下来，他要停车，没想到被一个雪人卡着位置，怎么也停不成。等他终于下定决心要倒车撞倒那个雪人时，没想到却迎来了重重的一击。原来，那雪人是在一个水泥墩子上堆起来的，现在那点儿雪被撞掉，水泥墩子露出大半截，上面用歪扭的红字写着"停车死全家"。由于车子急停，鑫仔还没看清发生了什么，就因为躲车里飞过来的东西，一头撞在侧窗上，晕了过去。

在鑫仔去停车的时候，刚才差点儿被鑫仔撞到的那个人正走出小区。正是张哲华。

张哲华叹着气走出小区。"爱家"房产中介就在小区门口附近，他一走进办公区，一堵人墙就横在他眼前。

"几点？才几点你就擅自离岗？是不是觉得自己是个大学生，我就不敢开你？忘了你还没毕业？"矮胖经理瞪着他，似乎早就等在这里准备训话。

"不是，经理，我这不要钱去了吗？"

"跟谁要钱？你开单了？"

"不是，就35-B养狗的妇女，昨天她家狗咬了我一口。"

"上班时间去要你自己的钱，你管这叫要钱？"

"我——"

"你刚才说是谁家？你去谁家要钱了？"

"啊？35-B。"

"你脑子是不是有病啊？这条胡同好几间门面都是人家的，咱这办公室都是人家的产业，跟房东要钱，你咋想的？"

"啊？我……我不知道啊。"

"你现在就把钱给人家退回去！"

"不是，经理，我——"

经理走上来，别看他矮胖，劲儿不小，一把就把张哲华推得后退三步，喊道："你别说话，让你去就去。"

"不是，经理，我——"

"你别说话，退完钱再跟人家好好道个歉。"

"不是，经理，我——"

"你别说话，别说话，听不懂人话吗？"

张哲华被推出了门，待在漫天飘落的雪里，隐隐约约听到门内经理的声音："怪不得大学都没毕业呢，情商为负数。"

张哲华默默自语道："我别说话，我别说话，我啥也没要着，还往里搭了两千三，退啥？"

他站在雪中，想起自己昨天去教导处递交休学申请，教导主任接过后叹了口气，问道："真的想好了？"他回答："老师，我想好了，家里确实有困难，等将来情况好了，我再回来。"

眼下，他不知道自己要往何处去，便漫无目的地往那个养狗妇女家走去。

恰好路过鑫仔的车，张哲华看到被撞坏的雪人，一时间悲从中来，觉得那雪人就是他自己。他走上前去，捧了一把雪，补在雪人破损的位置。

就在这时，先前晕过去的鑫仔醒过来，通过后视镜看到了张哲华。他从车里下来了，一股无明火着了起来。他摇晃着走上前去，恶狠狠地盯着张哲华。

张哲华又补了一把雪，一抬头便看见有人正狠狠地盯着自己，他的火也拱了起来，吼道："你瞅啥？"

"瞅你咋的？"

"你想干啥？"

"你想干啥？"

"我不干啥！"

"你不干啥你这是干啥？"

"我干啥你能干啥？"

"你要干啥我指定干啥！"

"我理你干啥？"

俩人互怼了几句，似乎都无力继续战斗。

鑫仔狠狠地一脚把雪人的头踢塌了，算是发泄够了，正想回车里，没想到一个雪球飞来，正中他的后脑勺。鑫仔气得蹲下去，团了个雪球就砸向张哲华，正中张哲华面门。张哲华气得从坏掉的雪人头上抠下一大块砸向鑫仔，两人立刻大战成一团。

不远处，刘哥的小卖部外，一个小孩儿看着雪人一块一块地坏掉，快要气哭了。原来刚才砸鑫仔的第一个雪球是他扔的，他正要团第二个雪球砸过去，背后就走过来一个大人，照着小孩儿脖子就是一巴掌。

"你想干啥？"正是刘哥，"学校打完架还没打够，还要在这儿给我惹祸啊！"

孩子委屈道："他们把我的雪人毁了。"

"毁个雪人你就砸人脑袋啊？学习上咋没见你有这好胜心呢？是不是觉得你妈出国了就没人管得了你了！"

"那是你给我堆的雪人！"

"以后再堆呗！明年不下雪啊？明年下雪我就回来了！"

"你骗人！阳阳他爸去了深圳就再也没回来！妈妈走了，你现在也走了，你们都不要我了。"

刘哥眼睛一红，看向小卖部，那儿正贴着"转让"的字样，还挂着一张一家三口的照片，孩子妈妈围着围巾，笑得很甜。他想起一个月前，他在医院里握着照片中这个女人的手，听到她用尽力气说出的那句话："没事儿，到时候你就跟孩子说，我去国外了。"

他正沉浸在回忆里，突然一个雪球飞来，正中那张照片，照片应声而落，玻璃罩碎了一地。

刘哥大怒，披上棉袄冲了过去，大吼道："你大爷！"

鑫仔和张哲华刚刚砸完一波，正要"续子弹"，就看到刘哥一手一个大雪球来到近前。

张哲华看清来人是刘哥，便说道："刘哥，是你啊，你这是……"他和鑫仔同时看清了那两个大雪球，各自都把手中的雪

193

球举了起来。

就在刚才鑫仔和张哲华的雪球大战中,一只雪球砸中了一只小狗,正是咬伤张哲华的那只。

原来,那只狗因为受伤了,没有遛,便对着主人软磨硬泡,那个妇女终于答应带它出来尿一泡。没想到,它正在尿时,一个雪球飞来,它一受惊,虽然骨折,还是蹬着三条腿跑了。

那个妇女急了,赶紧追过去,路上恰好遇到"爱家"中介那个矮胖经理。

经理提着一袋水果,看到这个妇女跑过,忙喊道:"美美姐!我正要去找你呢——"

美美姐根本没回头,说道:"我家狗要是丢了,你们这破公司就给我滚蛋!"一路继续追过去。

经理一愣,回头看见张哲华正在打雪仗,无明火直往上蹿,他冲上前道:"你干啥呢?"

张哲华没想到他会出现,愣了:"经理,我——"

"你别说话,你把人家狗怎么了?"

"不是,经理——"

"你别说话!我问你呢!"

"我就是刚才——"

"你别说话!"

"你别说话!"

"你——"

"我他妈的不干了。"张哲华把雪球狠狠地向经理砸过去,每砸一个就喊一句"你别说话"。

经理感到仿佛不是雪球砸向自己,而是那一句句"你别说话"砸过来。他脑中回忆起不久前那次相亲,对面女孩儿说:"你别说话。我过来相亲就是来应付一下我妈。"他每次要说话,她就说"你别说话"。

他正想着呢,又一个雪球把他的假发蹭掉了。他哇哇大叫,摸着光头,一脚把那坨假发踢开,团起一团雪,加入了战团。可他第一团雪打到了刘哥头上,刘哥反手就回敬一个大雪球,却正好打到鑫仔。结果,四人大战爆发,刘哥的儿子也加入进来。

不知何时,辽A球迷队伍也来到了附近。那个小胖子摇着红旗,先前教训他的那个老球迷在边上喊道:"老少爷们儿们!"

众人道:"在!"

"干他们!!!"

"干!!!"

这一群人也加入雪球大战,最后点燃了整个小区。原本黑着灯的屋子一个个亮起,小区中的人穿好衣服,一一下楼来,加入了战团。

保安放下手中的酒瓶——那瓶子下压着一份离婚协议书——跑出来,举着喇叭想喊点儿什么,就被一个雪球打中了脸。他气得把喇叭一扔，也加入进去。

那只喇叭浸了雪水，出了故障，播放起《真善美的小世界》。大家在这洒水车的音乐声中疯狂地发泄着，激战正酣时，天上一个巨大的烟花炸开，大家不由得全都停了手，举头观天。

这天晚些时候，雪下得更大了，相较之下，派出所里显得非常"红火"。由于突然进来一大拨儿人，小小的办公室已经有点儿装不下了，大家都靠墙蹲着，但个个红光满面，面容舒展，除了鑫仔。

他刚刚看到微信，是经纪人发来的："哥，我说句实话吧，这下雪其实是给了你个台阶下，人家就是要换掉你，咱几斤几两自己不清楚啊？"

鑫仔把手机还给警察，又蹲了下来。他边上是张哲华。俩人看看彼此的形象，都笑了。

鑫仔问："你叫啥？"

张哲华反问："你叫啥？"

"你先说。"

"你先说。"

"嘿……你咋这么犟呢？"

"嘿……我叫张哲华。"

"我叫詹鑫，是个喜剧编剧和演员。"

二人握手，张哲华道："是吗？那我在电视上或者网上能看到你呗？"

鑫仔难受了："本来能的……"

"欸？这什么意思，给我说说？"

此时，美美姐走过来，对张哲华道："你叫张哲华，是不是？对不起啊。钱我回头退给你。"

那只小狗被拴在暖气片边上，在她脚边呼呼睡着，小脚也被捆扎带捆上了。

张哲华摸摸小狗的头，说："多大点儿事儿，也是我手欠。"

"我孩子说回来吃饭，我包了一大桌饺子，结果孩子又说不回来了，我这心里一难受……真是对不起。"

鑫仔和张哲华听了，都过来拍拍美美姐的肩。

美美姐撸了撸小狗的头，噙着泪说："不过，有它陪我也不错。"

这时，刘哥带着儿子过来了。

刘哥说："还不给人家道歉？砸了人家。"

"他也要给我道歉，他毁了我的雪人。"

鑫仔赶紧拍拍孩子的肩："小朋友，我当时……哎，我真不是故意的，我给你道歉。"

张哲华也赶紧给孩子说"对不起"，顺便问道："刘哥，你那房子真要卖啊？到时候一定联系我啊。"

刘哥说："唉，这孩子妈出国去了，我一大老爷们儿，不太会带孩子，他老在学校打架，给你们添麻烦了。"

"是李川先说我妈妈不要我的!"孩子终于喊道。

"胡说,你妈最爱的人就是你。这个李川,我回头非找他家长去。"

"大哥,您刚才是说要卖房子?"经理也听到了这句话,凑了过来,手里抖着他那片已经被踩成地刷的假发片,"哲华,这是你揽的生意啊?"

"经理,我——"

就在这时,球迷小胖和老球迷走了过来。

球迷小胖对经理说:"大哥,你这质量不行,一碰就掉,你看我们队长的,卡得可紧了。"

原来,老球迷是球迷队队长。他一听这话,立刻摘下他的假发片。原来他也是谢顶。他把假发片递过来,说道:"认识也是缘分,送你了。"

"真的!谢谢大哥!"经理兴奋地拥抱了球迷队长,把假发试戴到头上,说,"有镜子没有?谁有镜子?"

张哲华把自己手机打开自拍模式,递了过去。

经理一看,效果还真不错,他说:"你小子脑子还挺好使,我都忘了还能用手机。明天准时来上班啊,迟到可扣你工资。"

张哲华笑了。

这时,一名年轻的小警察带着保安走回办公室里,看见里面乱哄哄的,大家三五成群地聊天,赶忙训道:"干啥呢干啥呢?当这儿是啥地方,还聊上了。"

众人立刻噤声，低头。

小警察向刘哥身边一指，对保安说："你也蹲那儿。"然后转身出去了。

保安走过来，一转脸看见刘哥，说道："我看你咋这么眼熟呢？"

刘哥也看见了他："我也是。"

蹲成一排的众人都悄悄地笑了。

小警察走到门外。

一名老警察正在看雪、抽烟，若有所思。

小警察说："师父，问完了，都说是打雪仗。这里老些人，好像也没有串供的可能。"

老警察说："你信吗？"

"不信，谁也不认识谁，咋打的雪仗？"小警察又想了想，"好像也没啥不可信的。"

老警察叹了口气，又笑了："下这老大雪，啥事儿不可能啊？"

他团了一个大雪球，向远处飘着大雪的无人街道扔去，嘴里哼起了《真善美的小世界》。

十
我的名字

Shaoyehewo

荒凉的沙漠一望无际，风像一只任性的巨手，把沙子随意地扬来扬去。烈日苍白，高悬于天，饥饿的秃鹰在天空高高盘旋，等待并寻找着它的食物——死尸。就在这荒凉的大漠中，居然立着一家二层楼的客栈，如同大海上的一座孤岛。这时，三个人三匹马从地平线上出现，向这座客栈奔来。

　　与大漠的荒凉、肃杀不同，客栈的里面却十分热闹。此时正值饭点，这荒漠中的客栈几乎满座。

　　两扇大门紧闭，老板娘正坐在门边的柜台后面打算盘合账，店小二举着托盘在桌间穿梭，高声唱菜。行家能看出来，他脚步灵活，显然是练过轻功，而嘹亮的唱菜声也透出一定的内功。各张桌子虽是餐桌，却或平摆或斜靠地放着很多长条状的包袱。食客们表情各异，看似都在吃喝，但每个人的余光都警视着八方，无论是笑是骂，是醉是醒，都是一层面具而已，面具下面则是杀气。

突然，有一桌闹起来了。似乎三个人在争着结账，争着争着就拿起各自的长条包袱在桌面上动起手来。只听乒乓闷响，边上的人连看也不看，自顾自吃饭。

忽然，一只茶碗被打飞，直接飞向屋顶。就见老板娘双足点地，从柜台后面飞出，一个跟头翻到正在争斗的那桌前，用手中算盘向下一点，就将正在争斗的二人的长条包袱压得动弹不得。茶碗落下，老板娘另一手中拿着一根精致的银筒烟枪，她将烟枪一伸，在接到茶碗时向下轻轻一坠，竟将茶碗那下坠之力卸去，茶碗稳稳地停在烟嘴上。

老板娘说："要不你们还是均摊吧，不然你们那点儿身家都不够赔我这只紫玉白雪碗。"

就在此时，客栈大门被推开了，三个人跨步而入，同时带进一阵大风，那茶碗却被吹落在地上，摔成了两半。

被压住家伙的两人赶紧说："这可不是我们打碎的啊！"

而老板娘没理他们，注意看着进来的三人，只见他们都戴着遮帘斗笠，面貌藏在斗笠后面，每个人带一个长条包袱，披着披风。

热闹的客栈瞬间安静下来，所有人停下杯箸，纷纷看向门口。其中不少人还把手放在自己的长条包袱上。

这时，店小二刚刚从厨房忙完出来，赶紧高唱一声："三位客官，欢迎欢迎！"

这一迎客声让气氛和缓下来,有些人又拿起筷子继续吃饭,有些人还没放松警戒。

老板娘弯腰捡起两块碎片,哼了一声,回到柜台旁。

店小二上完自己正端着的菜,高唱道:"水晶肘子,请慢用!"而后迎向门前:"三位客官,快请快请。一会儿去给您牵马,先这边来,我给你们掸掸沙子。"

三人中领头的那人把手一摆,此时已看清角落有一张空桌。他并不答言,稍一示意,另外两人就跟他向那空桌走去。

小二有点儿尴尬,"嗐"了一声,出门牵马去了。他把马牵到后面的马棚,从后门来到柜台旁,揭开大酒坛打酒。

老板娘也不抬头,轻轻说了一句:"来者不善。"

店小二则说:"手上有握刀的老茧,全都会武功,中间戴斗笠的那个是头儿,最矮的那个小子也练了五年以上。"

老板娘却说:"那是个姑娘。"

"这怎么看出来的?"

"看不出来,闻出来的。"

店小二笑了:"老板娘特技,闻香识女人!"

"破名谁起的?主要是只有女生洗澡了,我感觉对比下来,没味儿就算体香。"

店小二给角落里这桌的三人上了压桌碟,问道:"几位客官,想用点儿什么?"

"先上一壶好酒,别的一会儿再说。"当头儿的说。

"好嘞!"店小二走了。

这三人等酒。当头儿的坐定不动,另外两个人里,一个想拿筷子夹一粒花生米,被另一个人用手指一弹,正弹在他合谷穴上,他"哎哟"一声。

弹他的人说:"没规没矩,大师兄没动筷子,你动什么?"

"师姐,我不是饿了嘛,跑了小一百里路了。"这个显然是小师弟。

很快,店小二把酒送了上来,布下三只酒盏,说了声"请慢用,有事儿叫我",就又忙活去了。

大师兄这才倒了杯酒,吃了起来。

小师弟刚想倒酒,又被师姐拦住了:"你也不问问大师兄让不让你喝,下山时怎么说的?"

小师弟十分委屈,大师兄此时说道:"喝吧,最多三杯,不许多喝。"

"是……"

三人消停着吃了一阵酒菜。

小师弟一直用眼睛扫师姐手边的长条包袱,终于忍不住摸过去,被她一筷子夹中了大拇哥,疼得他"啊呀"一声,抽也抽不回来。

大师兄道:"师妹,放了他吧。"

筷子这才松开。

小师弟十分委屈，揉了揉自己的大拇哥，说："师姐！这次跟大师兄下山，你也管得太凶了。那可是……"他看看周围，压低声音，用鼻音含混地说，"倚烟宴（天剑），我这一路要看你都不给，现在好不容易休息了，摸摸都不行吗？"

"你也知道那是……"师姐看看周围，压低声音，"倚烟宴（天剑）。我们这趟干什么来了，你不知道吗？"

"当然是来堵……龙烙烟（傲天）……"小师弟又看看周围，压低声音，"龙烙烟（傲天），听说他最近经常在这一带出现。"

"知道你还……"

两人正聊着，老板娘不知何时已来到桌边，高声说："大声点儿呗要不？反正你们这说了也跟没说似的。"

三人回头，发现所有人都在聚精会神地听他们说话。大师兄睁大眼睛，眼神扫过整个屋子，虽然隔着纱帘，也挡不住他射出的寒光。其他食客赶紧回到自己的话题里。

老板娘笑眯眯地将一盘酱牛肉放在桌上，然后坐在大师兄对面，盯着大师兄道："小店的特色，十香肉。"

小师弟说："我们没点啊。"

"送的。三位习武之人吃得也太素了，一会儿打架打输了可别怪我小店没给你们吃饱。"

"十香肉……十香软筋散……"小师弟突然大惊，从腰间拽出匕首。

白光一闪，店里所有人全都唰地站了起来，所有长条包袱里的东西都掏出来了，一时间，整个店里尽是亮闪闪的刀光。

老板娘转身冲这些食客瞪眼，慢悠悠地说："你们这帮江湖佬能不能好好吃顿饭？以为天下谁都憋着杀你们呢，是吗？告诉你们，要打出去打，谁敢在我的小店里胡闹，可别怪我不给你们留脸面。"说完，她转身嗅了下师妹的脖子，说："是吧，妹妹？"

师妹脸色一变，说道："你是如何得知——"

大师兄竟突然笑了："哈哈哈哈哈，这难道就是江湖上传说的秘法——闻香识女人？"

"我也没想到，男的都这么统一的不爱洗澡，你们但凡爱干净一点儿，我就是普通老百姓。"

大师兄点点头："好，既然如此，也就没有必要隐瞒了，我们确实是来等人的，与老板娘无冤无仇，两不相干。"

"最好是。我半生积蓄都在这个客栈，谁打它的主意，可得问问我手里的剔骨刀。"

小师弟晃着匕首道："就凭你也敢威胁我大师兄？"

老板娘当没看见那匕首一样："哦？那我倒要听听你大师兄是哪位呀，要是名气不够，可别怪我翻脸。"

大师兄没有说话，轻抖包袱，露出了剑柄。

老板娘大惊失色。

"秋风落叶扫？！"

五字一出，现场所有人大惊失色，瞬间就把桌椅都拆了，一人拿两条桌椅腿在手中，屋里除了三人这桌，再没完整的桌椅，酒菜也都滑到了地上。

店小二刚端着一盘菜出来，大骂道："你们有病吧？！你们自己家伙不抄，拆我们家桌椅干吗？"

有人小声说："自己的家伙不舍得啊，谁的兵刃碰着秋风落叶扫不断啊？"

"那桌腿碰着就不断了？赔钱赔钱，还有盘子、杯子，都得赔！要不然拿炮轰你们啊！"店小二举着菜，发现没地儿放了，气得端回了厨房。

食客们还真听话，垂头丧气地开始掏钱。

老板娘回身打量大师兄。她上一眼下一眼地看了一会儿，然后抽了一口烟，说："秋风落叶扫，乱世青风侠。十八年前刘氏一族惨遭魔教血洗，只有一幼子在龙虎山学艺，得以庇佑，幸免于难。十八年后，幼子学成，下山势要报仇。你是……青风侠刘波？"

"正是在下。"

"你出现在这里，就代表着他也会出现在这里。"

店小二从后面出来，问道："谁啊？"

老板娘磕了磕烟灰，道："还能有谁？大魔头龙——傲——天！"

"谁喊我？"一个声音扬起。

原来是从二楼传下来的,就见一个醉汉左手酒壶右手酒杯,歪歪扭扭地靠在楼梯口。

此人一现身,食客们连句话也没说,跑了个干干净净,一楼立马空空荡荡的,只剩下店家二人和师兄妹仨。

大师兄起身挡在师弟师妹身前,朗声道:"既然来了,何不下来?上路酒,我都给你倒好了。"

龙傲天仰天大笑。

大师兄赶紧对师弟师妹说:"快用真气封住耳朵!"

师弟师妹照做。

龙傲天笑过一阵,大师兄说:"好一招传音入密!"

原来龙傲天笑呛了,咳嗽了半天才平缓下来,又喝了三杯酒,歪歪扭扭地走下来。

"听说,"他向三人举杯,"你找我。"

大师兄正气凛然道:"你作恶这么多年,江湖上的侠义之士有几个人不找你?"

"哈哈哈哈,侠义之士!其实都是宵小之徒。不是我埋汰你们,你们这些侠义之士,广义上跟我差不多。"

"师兄,不要跟他废话,这十八年来,你等的不就是今天?我们上。"

龙傲天猥琐着笑道:"还是这位小姑娘痛快,快意恩仇。妹妹,要不要跟大哥走啊?"

师弟拍案而起:"你放屁!"

小师妹一把掀翻了桌子，三人一跃而起。大师兄将大氅抛给师妹，把剑鞘抛给师弟，亮出秋风落叶扫，和龙傲天打在一起。

龙傲天笑道："打个架还带用人，侠客，你的排场不小啊。"

"少废话。"

老板娘急得直跺脚，骂道："哎哎，俩臭练儿，要打出去打。"

这哪里阻止得了？两方大打出手，老板娘看着渐渐被全部粉碎的家什，放弃了。

这一场大战打了个天昏地暗，老板娘和店小二早就躲到后厨去了。后来，外面终于安静下来，两人探出头来，就见刘波浑身是血，似是奄奄一息。

他说："没想到，我苦练武艺十八载，竟然……竟然……竟然真的打赢你了。"

两人往下一看，这才发现，刘波的剑正抵在龙傲天的脖子上。

刘波笑了出来："龙傲天，你服气吗？"

龙傲天瘫坐在地上，奄奄一息，脖子被三人的剑抵住，眼中全是不屑，他笑了起来："哈哈哈哈哈哈哈！好！好久没打得这么痛快了！英雄了得！和当年你爹降龙神腿蒋乘龙一般了得！"

刘波蒙了："谁？蒋乘龙不是我爹啊。我家传的是剑法。"

"原来如此，当年我血洗夺命剑欧阳震全家——"

刘波打断道："我姓刘。"

"哦，不愧是少林寺刘方丈的儿子。"

刘波骂道："你说的那是人话吗？！"

龙傲天似乎没主意了，开始胡说："那你爹江湖人称落花流水……"见刘波摇头，他只能继续猜，"上天入地……七月流火……三阳开泰……白日做梦……"

"噗！"躲在一边的老板娘笑了，对店小二说，"这大侠们起外号，文化水平也挺有限的哈。"

店小二狠狠地点头。

可这话被龙傲天听到了，他说："啊，那我知道了！文化有限风清波！"

老板娘嫌弃地"啧"了一声。

刘波终于听不下去了，大喊道："不是不是都不是！"

"那我不记得了啊。说实话，刚才那好几个都是我编的，我寻思碰碰运气。"龙傲天把头一扬，等死。

小师弟把剑又顶紧一点儿，骂道："你这魔头，杀我大师兄全家，竟然还不认识他。"说着，剑锋已经划出血来。

刘波赶忙说："师弟等等，血海深仇，不能就这么便宜了他，我要让他死也死得明白。魔头，你还记得我这张脸吗？"

刘波缓缓摘下斗笠和面纱，屋里的人都屏住了呼吸。

"是你！"龙傲天惊道。

"没错，就是我。"

龙傲天眯着眼睛，左右端详了一会儿。

"你？"

"我！"

"你是？"

"我是！"

然而龙傲天不断向师妹和小师弟递眼神求问，想看看他们有没有什么提示。

师妹终于说："大师兄，他……他好像不认识你。"

小师弟又要动剑："你这魔头，认不出他的招式，还认不出他的脸，我杀了你！"

"等等！"刘波又阻止道，"我当年才八岁，过了这么多年，他认不出来也很正常。我今天还是让他死个明白吧。"

刘波举起手上的剑，在龙傲天面前一舞："哼！魔头，你认不得我的脸，总该认得我手上这把剑吧！"

屋中人又屏住了呼吸，就听龙傲天说："是……是你！"

"没错，就是我。"

龙傲天眯着眼睛，左右端详了一会儿。

"你？"

"我！"

"你是？"

"我是！"

然而龙傲天不断向师妹和小师弟递眼神求问，想看看他们有没有什么提示。

师妹终于说:"大师兄,他……他好像也不认识你手中的秋风落叶扫。"

小师弟又要动剑:"你这魔头,杀了我大师兄全家,不但认不出他的招式,还认不出他的脸,最后竟然还认不出他的剑,我杀了你!"

刘波又阻止:"等等!我的剑这么多年没出过鞘,他不认识有很正常。不过,我今天还是非要让他死个明白!魔头,你不记得我的脸,也不记得我的剑,那你总还记得十八年前……"

龙傲天向师妹求提示,师妹做了很多手势,可龙傲天还是什么也想不起来。

刘波继续说:"你总还记得十八年前那个血流成河的雨夜吧?"

龙傲天眯着眼睛,左右端详了一会儿,又看着天花板想了一会儿,突然说:"你?"

"我!"

"你是?"

"我是!"

龙傲天还是一眼迷茫地看向师妹。

师妹说:"大师兄,他应该是不记得了。"

师弟又说:"你这魔头,杀了我大师兄全家,认不出他的招式,也认不出他的脸,还认不出他的剑,更记不得十八年前的那个雨夜,我杀了你!"

"等等！"刘波说。

"大师兄，你为什么还要拦着我？"

"我得让他死个明白，我一定要让他死个明白呀！"

师妹说："大师兄，咱们不能直接告诉他吗？"

刘波崩溃地说："那能一样吗？！能一样吗？！魔头，你再好好想一想，你再想一想，你不记得了吗？那是一个电闪雷鸣的雨夜呀！"

龙傲天似乎已经不想再想了："电闪雷鸣的雨夜？"

刘波还没有放弃："没错，十八年前的那个雨夜，你穿着黑色的夜行衣骑着高头大马。我还记得，你当时戴着的面具上有一个血点，就像掌心里的朱砂痣。那晚，你一脚踹开了我家大门，一刀杀死了我的父亲。血溅到我眼睛的那一刻，我就知道，我如果活下来，余生就只有一件事可以做，那就是复仇！这十多年来，我练拳的木人桩是你，练飞刀的靶心是你，就连装私房钱的不倒翁都是你！"

老板娘听到这儿，突然问："啊？这是为啥啊？"

师妹替刘波答道："因为每次取钱都要砸碎一次！"

"原来如此。"老板娘一脸了然地点点头。

刘波都要哭了："我昼思夜想，就是为了能有一天站在你面前，问你一句——"

小师弟接道："——你还记得我吗？"

"对啊，"刘波跺脚，"你怎么能不记得我呢？"

小师弟抱着师妹也哭了，师妹抚摸着小师弟的头，也流下了眼泪。

龙傲天突然睁大眼睛道："等等。电闪雷鸣，夜行衣，高头大马，朱砂痣一般的血点，我想起来了！用尽一生向我寻仇……你的家在桃花坞。"

刘波止住哭，来了精神："对对。"

龙傲天这回似乎真的想了起来："你家的门是朱红色的大门，刚刷了新漆。"

"对对对，刚刷的，味儿可大了。"

"门口有十八棵杨。"

"没错！"

"你的名字是？"

刘波不敢面对这一刻，背过脸去。然而龙傲天把手一扬，结果喷出一大口鲜血，染红了天花板，瞪着大眼，软在地上。

刘波背对着龙傲天喝道："哼哼，没错，我的名字就是——说呀，我是谁？"

过了半天，龙傲天还是没有声息。

小师弟上前一步，用手探龙傲天的鼻息，对刘波说："大师兄，他断气了！"

老板娘和店小二一直捏着拳头期待着，没想到等来这么一个结果，俩人都泄气地坐下了。

然后就见大师兄刘波突然发动内功，衣服全被撑破，碎布像爆炸一样飞了一屋子。他施展绝顶轻功，横着身子，踏着墙壁在屋中暴走。他的头发也散开，就像一只脱手放气的气球。

老板娘一眼就认出这是北冥神功，不由得喊道："使不得！北冥神功，痛不欲生，你会走火入魔的！"

"师兄！使不得！"师弟师妹二人齐声喊道。

师弟刚要上去拦师兄，却被师妹拽住了。师弟回头，看到师妹缓缓摇头，已经泪流满面。师弟见状，也低下头来。

大师兄的声音在屋中回荡："我一定，一定，一定要让他死个明白，让他说出我的名字。摆阵！"

刘波跑了好一阵才停下来。

三人就地清理出一片空场，将龙傲天抬到空场中央，师兄妹三人结成三足鼎立的阵法，围住龙傲天，开始用功。大约过了一个半时辰，三人都已经大汗淋漓，刘波一口鲜血喷了出来，师弟师妹赶紧过去扶住大师兄。此时，龙傲天周身一抖，突然吸了一口气，竟真的活了过来。

大师兄筋疲力尽，强撑着问道："魔头，你猜出来我是谁了吗？"

龙傲天在鬼门关走了一遭，此时似已参透生死，他悠悠地说道："北冥神功，痛不欲生。你冒着生命危险救我，就算我明白了又能怎么样呢？"

刘波道："我不知道能怎么样，我只知道你必须知道是谁在报仇，你得为你做过的错事后悔。"

龙傲天闭目点头："你做到了。"

二人吃力地捡起兵刃，对视着站了起来。

龙傲天把一绺荡在面前的头发吹走，说道："其实我早知道，杀了那么多人，总有一天会有报应，但我很高兴的是，那个人是你。"

刘波终于露出笑容："既然知道我是谁了，那么接下来我希望你能和我堂堂正正地打一场。"

龙傲天也笑了："你最好不要放水。"

二人眼神交会，一齐飞出了屋子。

师弟、师妹、老板娘和店小二也都跟了出来，就见两位高手已经调动全身功力，虽还未出手，周围已飞沙走石。

老板娘叫道："没想到老娘平生还能见到北冥神功对幻胧魔皇拳！"

刘波已经攒足了气，高喊了一声："龙傲天！"

龙傲天也蓄好了力，高喊了一声："刘长海儿！"

刘波瞬间泄了气，兵器直接扎进了沙里。

老板娘气得跺脚，骂道："完蛋玩意儿！"

这天夜里，龙傲天和师兄妹三人因吃了老板娘的十香肉，都被她擒住了。等四人醒来时，都发现自己被五花大绑关在一个黑黑的地方。

217

过了一会儿，上方亮起烛光，有人端着蜡烛一步步下来。几人方知道自己被关在地下室里。

下来的人正是老板娘，身后跟着拿着剔骨刀的店小二。

龙傲天盯着她猜道："一刀人两段，沧州大侠方沉舟？"

老板娘摇头："不对！我从来就没去过沧州。你再好好猜猜。"

"那就是醉卧黄河八百载，天老地老我不老，不老老人袁德蓉！"

"放屁，我有那么老吗？！还'不老老人'，你姥姥的。"

小师妹仔细端详了一会儿，说："我知道了，你是靠人血炼制魔药的天山血魔！"

老板娘啐了一口："呸！我可是个女侠！这名字跟我能对上吗？"

小师弟插嘴道："那就是狗熊野猪、青城四少！"

"那是四个人，我就一个。嘿！小兔崽子，你敢骂我？"

刘波快哭了，怎么就到了这步田地？他央求道："老板娘，你放心，不管今天打坏你多少东西，我都照价赔偿，你这是干啥呀？"

老板娘道："都告诉你们了要打出去打，你们就不听，就不听，就不听，就不听！咋那么犟呢？"

刘波哭道："我们……不是后来都出去打了吗？"

"那我不管，反正这店里已经没能用的玩意儿了，从沙漠外跑几百里置办这一套东西回来得一两年，这一两年老娘吃啥？"

龙傲天耍起了无赖："我们知错了。那啥，我是个魔头，你不信。他可是个大侠，借个几百两银子几十年也就还清了。"

"跟老娘赊账？你也不打听打听——"老板娘冷笑道，"老娘的名字。"

十一

让我下去吧

Shaoyehewo

鑫仔至今记得那场演出。

布景城门高高耸立在舞台上，士兵们披革戴甲，列好阵势，手上拎着牌位，身上缠着白布，手中举着火把。

欧阳老师扮演的秦始皇站在城墙上，眼望远方，开始了他激昂的战前动员。

"一年前的今天，就在此地，我秦国与匈奴一战，数万大秦锐士葬身于此。他们，不仅是我大秦的将士，也是我的子民，是你们的兄弟。今日一战，不为其他，只为接兄弟们回家。众将士听令！"

士兵们齐声道："在！"

秦始皇向前迈了一步，喝道："接秦人回——啊！"

突然，布景松动，欧阳老师竟从城墙上摔了下来，只听砰的一声,这一下结结实实,谁也不知道他受了怎样的伤。

观众开始窃窃私语。

侧台上的工作人员一看出了事故,立刻做出安排,一男一女两个工作人员赶紧冲上去查看。他们扶住欧阳老师,想问他伤势如何,没想到欧阳老师抓着他们,用一只脚支撑,头上流下豆大的汗珠,站了起来。他咬紧牙关,握住了男工作人员的手,说出一句让所有人意外的话:"你来啦?"

男工作人员马上在欧阳老师的眼神下会意,点了点头,就听"秦始皇"高声问道:"你是死在匈奴马下的二等兵张小乙?"

"是!"男工作人员大声回答。

"秦始皇"又转向女工作人员,问道:"你……是被乱箭射死的嫪印?"

女孩儿点头,也大声回答:"是,我是嫪印!"

"秦始皇"又转向观众:"你们……还有你们,万千将士的忠魂,你们都来了?太好了,太好了,卫我大秦,护我社稷。我嬴政以身家性命在此立誓,朕在,当开疆守土,荡平四夷,定我大秦万世之基!朕亡,亦将随众位化身龙魂,佑我华夏永世不衰!"

他终于挺直了身子,汗水已经浸透了衣背,他发出了最后的动员:"众将士听令!"

"诺!"舞台上的众人齐声回答。

"接兄弟们回家!"

众人重复道:"接兄弟们回家!"

欧阳老师示意场下观众一起:"接秦人回家!"

全场观众一齐应道:"接秦人回家!"

全场响起热烈的掌声。观众席上的鑫仔已经热泪盈眶。

两个工作人员趁机问欧阳老师:"欧阳老师,你没事儿啊?"

欧阳老师悄声回答他们:"你看我像没事儿吗?快打120。"说完,他就晕了过去。

十五年后,一部名为《暴雪山庄杀人事件》的话剧风靡一时,获得了不错的口碑,一直演到第一百一十场。

新一轮演出即将再次开始。这一场格外火爆,票早早就抢光了,甚至被黄牛炒出了高价。

这天,演出开始备场,化妆间内,大家都在加紧准备。

川哥拿着一张海报走了进来,一边在手里扬着一边说:"各位各位各位!外面全是观众,都排上大队了!"

荷兰豆正在化妆镜前化妆,问道:"不还有一个小时才检票吗?来这么早干吗啊?"

川哥说:"这都算晚的了,有人早上八点就过来蹲了。"

荷兰豆更觉得奇怪了:"为啥啊?票不是对号入座的?"

一直在角落吃蛋糕的锤锤说话了:"这你就不懂了,他们是来换物料的。"

"啥物料？"荷兰豆问。

锤锤也拿出一张海报，上面是张哲华："华子的物料啊！你别说，别看是粉丝做的，做得怪不错的，我都差点儿没抢到。"

川哥感叹道："他火了以后还能回来帮咱们演明星场，真够意思。"

荷兰豆化完了眼睛，放下眼线笔，说："你说你当初要是也一块儿去了多好啊。"

川哥一脸正气，做出拒绝诱惑的手势："不，咱们剧团不能再失去另一位优秀的演员了。"

锤锤舔了一下嘴上的奶油，说："可拉倒吧，天天哭，说网友喊他'前夫哥'。"

川哥做了个受委屈的小狗的表情："看破不说破，人生好快乐！"

正说着，张哲华推门而入。

锤锤率先发现，跳起来迎接："华子，你回来了！"

他跑过去，一拳捶在张哲华胳膊上。

张哲华龇牙咧嘴，假装疼痛："哎呀……还是熟悉的力道！"

荷兰豆赶紧推开锤锤，拿起手机，跑过去跟张哲华拍合影，同时开心地说："华子，我侄女是你粉丝。"

张哲华十分配合，笑得露出了大白牙。结果，画面美颜过度，俩人都变成了大眼怪。

张哲华看了看照片，说："哎呀，还是熟悉的特效。"

川哥去切了一块蛋糕，端着冲过来，不由分说地塞进张哲华嘴里，问道："吃人嘴软。快告诉我，正播的那个戏里，你跟女主角到底好没好？"

张哲华正要说："还是熟悉的——"就听门口有人大喊一声："胡闹！"

只见导演迦哥一脸严肃地走进来，指着大家说："干啥呢干啥呢？看看你们这些没见过世面的样子，人家从片场到剧场无缝衔接，连口气也不让人喘了？"

众人这才松开张哲华。

迦哥拿着物料走到近前，严肃劲儿突然消失，变得腼腆起来。他笑着对张哲华说："我正发愁这海报上没你的签名呢。"

大家鄙夷地冲迦哥翻了个白眼儿，屋里充满了开心的气氛。

迦哥说："大家都好好准备啊，咱这场得来个炸裂的。"

川哥说："还用说吗？华子都来了。"

迦哥搂着张哲华的肩头，笑得合不拢嘴："这戏演了一百多场了，第一次坐满，我没有遗憾了。"

张哲华弯腰给迦哥的海报签字，却突然发现旁边被切了几角的蛋糕上写着"上岸成功"四个字，他问："这谁上岸了？"

大家愣了一下，几乎同时接茬儿："我！"

张哲华蒙了。

荷兰豆说："我……考研过线了！"

锤锤说："我……成功脱单了！"

迦哥说:"我……燕郊买房了!"

川哥说:"我……花呗还完了!"

张哲华笑了:"哎呀妈呀,我这才走了一年,发生了这么多好事,恭喜恭喜啊。"

众人尴尬地笑起来。

张哲华四下张望,问道:"哎,我师哥呢?"

锤锤切下一块蛋糕,说:"哦,鑫仔,在楼梯间吧。他说,他这会儿要静静。哎,华子,你把这块蛋糕带给他。"

张哲华签完名,端着蛋糕去楼梯间。他推开防火门,楼道里传来手机播放视频的声音:"……接兄弟们回家!"

欧阳老师这一段表演,张哲华再熟悉不过。他下了几步台阶,看到了看视频的人。正是鑫仔。

张哲华上去拍了拍他的肩,说:"又看你偶像哪?"

鑫仔虽然被吓了一跳,但扭过头就惊喜地跳了起来:"华子!你回来了?"

"是啊,来看看大家。可把我想坏了。"张哲华指着鑫仔的手机说,"十五年了,还是这么爱看这一段,看了几百遍了吧?"

"是啊,不过挺久没看过了,今天突然想起来就再看看。现在看还是觉得太精彩了!本来是个严重的舞台事故,要是一般的演员,这场戏肯定就废了!"

"嗯,直接就地取材,顺水推舟,还把观众也变成了戏的一

227

部分。"

"对！欸？你怎么和我说的一模一样？"

"我听你说过太多遍了，早就会背了。"

"哎，常看常新嘛。"鑫仔不好意思地笑了。

"这个给你。"张哲华说着从内衣兜里拿出来一张照片，递给鑫仔。

鑫仔接过来一看，居然是欧阳老师的签名照。

"哇！华子，行啊！"

"嘿嘿，拍戏的时候正好碰到了。"

鑫仔如获珍宝地捧着这张照片，发现欧阳老师还专门给他写了寄语："哎呀妈呀，还是'TO 鑫仔'的，我真的……"

张哲华笑着说："这算啥，他一会儿还来看戏呢。"

"啥？"鑫仔睁大眼睛。

张哲华指指照片："我给老师留票了，最中间那个位子。怎么样？"

鑫仔实在没什么语言能表达他的激动，便默默上前抱住了张哲华。

张哲华见他这么开心，发自内心地为他高兴："师兄，这个一顿饭不过分吧？"

"别叫我'师兄'。"

"啊？"

"叫我'长期饭票'。"

两人顿时大笑起来。

鑫仔说:"别磨蹭了,快对词儿吧。"

两人回到化妆间,简单地换了一下衣服,开始对词儿。

鑫仔给张哲华倒了杯水。张哲华喝了一口。

鑫仔说道:"雪越下越大了,这几天应该都没法下山了。"

"怪我,滑雪太开心,错过了缆车。"

"这叫哪儿的话。您开心就好。不过,您真的不打算继续当侦探了吗?"

"行了,别再说了,我已经决定了。"

"那么,先生,没什么事儿我就先回房休息了,我有些累了。"

"好。"

"先生,明天见。"

"明天见。"

"对完了。"

张哲华往后翻台本,问:"完了?你的词儿就没了?"

鑫仔说:"对啊,第二天助手不就死了嘛。"

张哲华十分不好意思:"师哥,不好意思啊,我本来就是想回来再跟大家一起演演戏,但公司非让我演主角。"

鑫仔摇头摆手:"没事儿!正好你来以前我助手演得老有问题,你看我这次给你来遍对的。"

"这……"张哲华还是有点儿不好意思。

鑫仔用台本拍拍他的背："别矫情了，好好背词儿，欧阳老师可在台下看着呢。咱得用最好的状态迎接偶像的到来。"

三声钟响，这一场《暴雪山庄杀人事件》在晚上七点三十分准时开场。观众早已就位。与一般的话剧观众席不同的是，这场的观众席亮着不少应援灯牌，都是给张哲华的。

暴风雪声响起，鑫仔和张哲华在幕侧候场。鑫仔盯着那个靠中间的座位，那里空着，没有人。

"怎么没来啊？"鑫仔问。

"别着急！刚才发微信了，说有点儿堵车。"张哲华说。

灯光亮起，舞台上出现了一间客厅。迦哥扮演的山庄管家正在收拾屋子，过了会儿对着上台的方向说："两位！房间已经收拾好了。"

张哲华扮演的侦探和鑫仔扮演的助手走上台来。

侦探说："辛苦了。"

管家点点头："不用客气，谁也没想到突然下了这么大的雪，按理说这个季节不会再下雪才对啊。今晚这里也不只是您两位客人。"

荷兰豆一身男人打扮，端着一大碗汤上了台，一边盛汤一边自我介绍："我叫苏珊，是咱们索尔登雪山的厨师，本来正在检修，结果雪太大了，就来这里避一避。喝汤吗？"

川哥一身猎户装扮，走进来就坐进沙发里，手里还抓着一只鸡，也开始自我介绍："我叫约翰，平时打猎为生。这是我今天的猎物，不嫌弃的话，晚上一起炖了它！"

接下来，锤锤盛装从二楼走下来，摆了个婀娜的姿势，说道："我是个模特儿，本来要参加唐顿庄园的晚宴，如果雪停了的话，我可是一分钟都不愿意——"她说着打开窗户。结果一阵狂风吹得她差点儿倒在地上。

迦哥赶紧过来扶住她，关上了窗户。她显得十分尴尬，改口道："留在这里真好，我叫雪莉。"这时她看见了侦探和助手，问道："你们呢？"

这时轮到鑫仔说话，他却望着观众席中间那个座位——依然是空的。

张哲华赶紧提醒："助手？"

鑫仔回过神来，忙道："哦哦！这位是名侦探霍华德先生。我是他的助手洛克。"

"侦探"两字一出，周围响起了紧张的音效，光线也开始变得晃动，在场的人都流露出了紧张的神色。

张哲华边摇头边用遥控器打开电视："什么侦探，不过是爱好罢了。"

电视机亮起来，正在播报新闻："插播一条紧急新闻，一名逃犯越狱，在警察围捕过程中刺伤了警察，逃入索尔登雪山。该逃犯极度危险，望广大市民注意。现附上逃犯的照片。"

照片还没跳出来，画面却突然变成了雪花点。大家面面相觑。

锤锤说："什么情况啊，还没看到嫌疑人的长相呢。"

迦哥上前检查电视机。他拍了拍，可无济于事，便摊手道："我也不知道，可能是雪太大了，信号断了。"

川哥还在研究一会儿怎么炖他的那只鸡："你们紧张什么啊！雪山这么大呢，怎么会那么凑巧碰上他？"

鑫仔却说："可是从滑雪场过来的一路上，只有这栋别墅是有人的，也许嫌疑人已经来到了这栋别墅。"

此话一出，又是一阵紧张的声音。

荷兰豆这时盛完了汤，接茬儿道："怎么可能啊，你刚不也说了，这儿附近有这么多空的别墅，嫌疑人干吗非得来有这么多人的地方啊？"

张哲华想了想，说："因为这么大的风雪，没有人住的别墅很难取暖，最重要的是没有食物。"

音效再次紧张，似乎这侦探与助手的组合一开口，就要出事。

迦哥安抚大家："各位放心，我会把这个嫌疑人拒之门外的。"

荷兰豆放下汤锅，说："那我得赶紧把门锁住！"

锤锤娇滴滴地说："哎呀妈呀，我好害怕，我想回去睡觉了。"

川哥也随后说道："我也觉得，我也回去睡觉了。"脚步跟着锤锤过去。

锤锤往川哥身后一指，说："你的房间在那边。"

川哥只好换了个方向走去。

大家陆陆续续离开，就剩下侦探和他的助手。

鑫仔给张哲华倒水。两人看向观众席，最中间的位子依然是空的，鑫仔十分失落。张哲华没像排练时那样只喝一口，而是一口气喝完了。

鑫仔开始说他的词："雪越下——"

张哲华打断道："再来一杯。"

鑫仔给张哲华又倒了一杯。张哲华再次一饮而尽。

"雪越下——"

"再给我倒一杯吧。"

倒水，喝光。"雪越下——""再来一杯。"

第三杯喝完，张哲华有点儿喝不动了，一杯水分了好几口，可那个位子上依旧没人。

"喝不了就别硬喝了，侦探先生。"

"没事儿的，我还能坚持。"

"关键是没水了。"

张哲华停了一会儿，说："要不你给我倒点儿酒……"

鑫仔摇头："雪越下越大了，这几天应该都没法下山了。"

张哲华开始放慢语速，眼睛时不时瞟那个座位。他站起来慢慢踱步，轻轻叹气，说道："怪我，滑雪太开心，错过了缆车。"

张哲华说着把衣服递过来。

鑫仔接过来，熟练地叠好，答道："这叫哪儿的话。您开心就好。不过，您真的不打算继续当侦探了吗？"

张哲华摆手："行了，别再说了。我已经决定了。"

鑫仔没再多问，回道："那么，先生，没什么事儿我就先回房休息了，我有些累了。"

"好。"

"先生，明天见。"

"明天见。"

那个位子依然是空的。张哲华看着鑫仔的背影有些落寞。

幕间黑场，化妆师赶紧上台给鑫仔身上铺血色。

鑫仔一边抬着胳膊配合，一边问张哲华道："刚才咋了？你忘词儿了？"

"我……没有。"

"太久没演不适应了？节奏太拖了。"

"我——"张哲华刚要解释，被鑫仔打断："把状态提起来，后面好好演！"

张哲华拍拍鑫仔，指着观众席说："哎，你看，好像来了。"

鑫仔也看过去，的确有个人正在一点儿一点儿往中间那个座位挤。

鑫仔大为惊喜，但也有些失望，因为自己的台词已经完了，接下来他只需要表演"死"了。但他立刻调整了情绪，说："那更要好好演了。"他刚要上台,被张哲华一把拉住了。

鑫仔疑惑:"干啥啊?"

"演完有什么打算?"

"演完回家呗。"

"之后呢?"

"之后就睡觉呗。你咋了啊?好好演戏,马上开始了。"

鑫仔又准备上台,张哲华没撒手。

鑫仔着急道:"哎,你干吗?"

此时字幕屏打出了"第二天"。紧接着,一声尖叫划破了平静。

灯光老师没有注意到台上两人还在拉扯,按照往常的节奏给了灯光。

舞台被照亮,就见张哲华正拉着鑫仔站在客厅中央,鑫仔的胸口被红色染透了。

两人这时才看清,那个位子旁边的人不是欧阳老师,而是经过的观众。

这时,川哥按照剧情急匆匆地从二楼跑下,喊道:"侦探先生,您的助手已经被人杀……背着人提前下楼了。"

锤锤也从楼上下来,说着她的台词:"太可怕了,那么长的尖刀——"她看到了鑫仔,赶紧改口,"就一点儿没扎到他啊。"

荷兰豆也登台道:"侦探先生说的果然是对的,嫌疑人已经混入了我们中间——"她也看到了鑫仔，"呃……但似乎还没有行动。"

大家尴尬了一会儿。这个变故完全出乎意料，按照剧情，鑫仔已经死在楼上。可现在鑫仔的血妆是扮上了，人还站在客厅中央。

迦哥指着鑫仔身上的红色说："这血是……"

鑫仔低头看看："呃，鼻血，太干了。"

观众席里响起窃窃私语声。

迦哥只能按照原剧情继续演："这种情况一定得……呃……报警！"他拿起电话，表情愕然，"电话线被切断了！"

荷兰豆急道："嫌疑人一定是想把我们困在这里……然后让我们一个一个……干死？"

气氛又陷入了尴尬。

迦哥急中生智，反应道："既然无事发生，那我们大家回去睡觉吧？关灯吧！"

迦哥向灯光老师的方向递了个眼神，灯光老师关了灯。

一声尖叫，舞台上灯光再次亮起。

川哥一边急匆匆地下楼，一边喊："侦探先生，您的助手——"他发现鑫仔横躺在张哲华身上，"死在您身上了？"

锤锤也从楼上下来，喊着："太可怕了，那么长的尖刀——"她看到张哲华拿着一个刀柄，"它就只有刀柄啊？"

接下来是荷兰豆登场："侦探先生说的果然是对的，嫌疑人已经混入我们中间……了吗?"

迦哥提着浇水壶上场,看着这场面,莫名地说道:"各位,看起来,好像是侦探杀了助手。"

鑫仔憋不住了,站起身来。

观众席一片哗然。

"啊,我没死,我是晕倒了。"

张哲华也顺势起来:"还好我接住了。"

迦哥已经迷茫了,不知道两人在搞什么。他又看了灯光老师一眼,说:"那无事发生,回去睡觉吧!"

灯光又黑了。

观众开始议论纷纷:"搞什么,一会儿黑一会儿亮的,给这儿玩'狼人杀'呢?"

"狼人杀也得先死人啊。"

"这个剧是个搞笑剧吗?不是悬疑剧吗?"

"可这也不好笑啊。"

"你那么给我推荐,这演的啥啊?"

"我上回看不是这么演的啊,这是新改的?好尬啊。"

一些举着灯牌的观众关了灯牌,把灯牌放下了。

尖叫,亮灯。

川哥下楼,这次看到鑫仔胸口染红躺在沙发上,张哲华也胸口染红,与他并排躺在沙发上。

川哥已经放弃了这场演出，说道："侦探先生，您的助手……和您是什么情况？"

锤锤下楼："太可怕了，哎，您的助手……你俩一块儿受伤了啊。"

荷兰豆上场："侦探先生说得没错，嫌疑人……他到底存不存在啊？"

迦哥提着浇水壶上场，他也不知道该怎么办了："助手和侦探先生好像都……死了？那咱们——"

鑫仔实在憋不住了，起身道："啊，没死。"

张哲华顺势起身，硬找词儿："确实太干了，刚才我俩都晕了。"

迦哥说："那大家回去……睡吧！这次多睡一会儿看看有没有事儿发生噢！"

舞台上黑灯。

观众席的议论声渐渐大起来，有人已经退场，手机的亮光点点亮起，有的人开始在网上发评论，或者干脆玩起了手机。

黑暗中，鑫仔对张哲华说："没完了是吧？"

张哲华坚定地说："你再等等！"

迦哥不明所以，在侧台看着还在舞台上拉扯的二人，感到十分崩溃。他灵机一动，招手把锤锤和川哥招到面前，对他俩说："你俩死一个，另一个当凶手。"

两人随即明白，回到自己的位置。

尖叫，灯亮。

二人一起从舞台布景的梯子上滚下来，扑到舞台上，躺下。

荷兰豆大喊："出事儿了！"

迦哥也提着浇水壶跑上台，当时就明白了，这俩人没空商量，都选择了演死人。

迦哥无奈道："雪莉和约翰……同时死了！凶手终于作案了！凶手一定在我们中间！"

荷兰豆环视了一圈："呃，可是大家都在。那他俩……应该是自杀吧？"

观众席的声音已经完全不对，鑫仔再也受不了了。黑灯后，他直接下场。

张哲华追在后面："师兄……你听我说！我就是想——"

"我知道你是咋想的。"

"所以你就让我——"

"华子，戏重要，我重要？"

"我只是想让你被他看到。"

"以后有的是机会。下一场不行吗？"

"哪儿还有下一场啊！蛋糕我也吃了，字我也看见了，我知道你就要上岸了！"

原来，那块蛋糕上写的"上岸成功"的完整版是"祝詹鑫上岸成功"，张哲华来的时候，前面的字已经被吃掉了。

那块蛋糕是全剧组为詹鑫订的，因为他不久前才告诉大家，再演几场，他就要退出了，家里的洗浴中心要交给他打理。在这场剧开戏前，大家为鑫仔举办了小小的欢送仪式。

"恭喜啊！"

"真的要走啊？"

"哭啥啊！这是好事儿！我都羡慕他！我要有澡堂子能继承，我也去。我这不是没退路嘛！"

"怎么没有？等咱剧场干不下去了，组团给他打工去。"

"搓澡就算员工福利了呗。想想就 happy（高兴）。"

大家你一言我一语。

鑫仔举杯道："好，我给你搓，我搓不死你们。"他看一眼两个女生，补充道："你俩就算了，我给你们找个阿姨。"

"好耶！"

迦哥一边分蛋糕一边说："那蛋糕给哲华留一块哈，一会儿他就来了。"

鑫仔说："先别告诉他吧！演完这场我跟他说！"

然而大家都不知道，此时张哲华已经来到门口，听见他们聊天就暂时没进来，隔着门听到了一切。

张哲华又看了下自己特意带来的签名照，暂时放回内兜，掏出手机，拨了一个电话："欧阳老师，那个位子是我选的最好的，您要是能来，还是一定来一趟……"

张哲华挂断电话，整理了一下表情，这才推门进去。

"原来你都听到了……"鑫仔说。

黑暗中，张哲华看着鑫仔，郑重地说："师哥，你带我入的行，你教我学的表演。可能欧阳老师是你的偶像，但我的偶像是你，如果这是你最后一场演出，我不希望是以这种方式谢幕。师哥，这个角色本来就是你的，到光里去吧。"

说着，张哲华不由分说地倒在地上。

这次没有尖叫，灯光亮了。

大侦探受了重伤，慢慢地爬上台，血迹在后面拖了一地："一定要找到凶手……"

迦哥没提浇水壶的手捶了捶胸口："助手终于——欸？怎么是侦探死了？！"

"什么？"

"到底是什么情况？"

大家纷纷说。

观众席上的声音越来越不对。

就在这个时候，就见助手鑫仔缓缓睁开眼睛，站起身，冲着迦哥慢慢地鼓掌，同时朗声道："真是好算计，我差点儿就中招了。"

这一句，让所有人都安静下来。

迦哥轻轻敲着浇水壶："你是什么意思？"

鑫仔目光沉静："你之前说你只在冬天来这个度假别墅？"

"对啊。"

鑫仔指着绿植说："可在没有水的情况下，它们是怎么做到这么茂盛的呢？"

荷兰豆恍然大悟："对呀。"

管家迦哥一时语塞："呃……"

鑫仔走到植物跟前，摸了摸它们的叶子："唯一的可能性就是，它们是假植物。"

荷兰豆迅速跑过去，也摸了摸："真的哎。"

管家迦哥附和道："对呀，就是假的啊，我从来没说它们是真的啊。"

鑫仔说："好，那既然你明知是假的……为什么还要浇水呢？"

管家手中的浇水壶现在成了所有人目光的焦点。他一看已经败露，旋即凶相毕露，将浇水壶扔向鑫仔，把尖刀掏了出来："见过我的人……都得死！"

鑫仔躲过浇水壶，与冲过来的管家搏斗在一起，他大喊："苏珊，去山下找医生，救我的助手。"

荷兰豆慌忙下台。

二人在场上激烈地搏斗。但很快，管家就被击中了要害，倒在地上。

临死时，管家难以置信地问他："你到底是谁？"

鑫仔整了一下零乱的衣服，高声道："我才是大侦探霍华德！"

这时，舞台黑了下来，只剩一束追光打在浑身是血的鑫仔身上。雪花飘了下来，他面向观众，开始陈词："没错，十年了，他们都叫我'大侦探'，但只有我自己知道，我并没有天赋。人年轻的时候，总是把自己的创作冲动当作创作才能，但是人总要看清自己。"

这时候鑫仔看清那个座位上依然没有人。

"我非常热爱这份职业，更爱跟我一起并肩战斗的伙伴。"说着，鑫仔扶起张哲华，"他从一个小小的助手做起，走到了更大的舞台。也许将来我只能远远地看着，但我不会忘了，我的梦想，有人在替我实现。"

鑫仔微微向张哲华点了点头，继续说："在最后的时间，请让我以侦探的身份给我自己的结局画上句号，也让我体面地离开。"

说完，鑫仔鞠躬谢幕。

灯光黑下去，观众席上响起热烈的掌声。

鑫仔最终没等到欧阳老师，但他不遗憾了。

三个月后，"搓不停澡堂"开业了。写着"开业大吉"的花篮摆满了门口和走廊，从上面的标签上可以看到很多人名，有迦哥、荷兰豆、锤锤、川哥，当然，还有华子。

第一天营业，磕磕绊绊，但也算开张成功。鑫仔忙了一天，这会儿坐在柜台前，一边喝啤酒，一边看着平板电脑里正播着的张哲华新演的古装剧。边上的搓澡师傅和他一起，两人边看边乐。

一个刚洗完澡的男人出来还手牌，看到屏幕里的张哲华，搭话道："你也喜欢哲华啊？"

"嗯哪。"

"这孩子不错，我拍过他。"

这人说完就走了，鑫仔收完手牌刚想吐槽，一抬头，发现这人的背影有点儿熟悉。看着他出了门，鑫仔才想起来，嘿，这人不是沈导吗？

鑫仔再一扭头，发现一个穿着古装、浑身血糊糊的男人走了进来，正是欧阳老师。

"这儿是搓不停澡堂吗？"欧阳老师问。

鑫仔抬头，有些难以置信，点了点头："嗯哪。"

"你就是詹鑫？"

"嗯哪。"

"洗浴是八十吧？"

"嗯哪。"

欧阳老师把一百元现金递给鑫仔，鑫仔拿在手里，不知道要干什么。

"找钱呀。"欧阳老师说。

鑫仔这才反应过来，忙不迭地翻柜台，却发现里面没有现金。

"都……都……都是扫码。"鑫仔有点儿结巴地说。

欧阳老师笑了:"那加个微信,你转给我呗。"

鑫仔赶紧摸手机,结果太激动,手机掉地上了。他赶紧捡起来,半天才找到扫码的地方。

欧阳老师调出二维码,亮给鑫仔:"听华子说,你原来也是个演员。"

"嗯哪。"

"好,我通过了,回见。"欧阳老师通过了好友申请,领了手牌,往里走。

鑫仔刚反应过来,在背后问道:"您这是在这儿拍什么戏呢?"

"《荆轲刺秦》。"欧阳老师笑着回答,"对了,老板,加个搓澡啊一会儿。"

"嗯哪!"

搓澡师傅起身,准备进去工作。鑫仔一把抢过他手里的搓澡巾,套在自己手上,眼露狂喜:"这个我来。"他对搓澡师傅说,"看我搓不死他!"

十二
八十一难

Shaoyehewo

人人羡慕神仙的生活，其实神仙也有苦的。

一日，井木犴和张月鹿两位星君正驾祥云回天庭。两人看着下面的苍茫大地与万里无边的云海，吹着天风，有说有笑，怡然自得。没想到，祥云突然一个急刹车，二人站不稳，直接掉了下去。

眼看大地越来越近，飞速近前，河边的一片乱石滩越来越清楚，井木犴急中生智，高喊一声："定！"张月鹿应声而停，"挂"在了空中，他自己则摔了个结结实实。虽然他落地前一个筋斗翻到软泥地上，躲开了石头，还是不免疼得哇哇大叫，用力地揉着屁股。

过了好半天，井木犴才站起来，对着被定在半空中的张月鹿说："哎呀！你看看，我就说我驾云吧，难怪你科目三挂了三次，你没事儿踩什么急刹啊！"

张月鹿被定在空中，还不了嘴。

井木犴虽然抱怨，还是在附近找了些草，堆起来垫在下面，指着张月鹿说了声："解！"

张月鹿应声而落，结果没掉在草堆上，而是直接摔在一块大石头上，这下摔得真是够呛。

张月鹿抱怨道："哎呀，你定我干什么玩意儿？"

"我这不……怕你摔了嘛，给你找点儿东西垫垫。"

"那你倒是垫对地方啊。"张月鹿指着那堆草，离自己一丈多远。

井木犴挠挠头，不好意思地笑笑，过来扶起张月鹿。

张月鹿揉着屁股说："就会个定身法，没事儿老瞎用。"

井木憨赔笑道："学个法术不容易，不经常练习我怕我忘了。"

"咱说得好听叫神仙，其实就是个干活儿的下等星君，你老学法术干啥？"

"技多不压身嘛，我最近还新学了一个变化，但不能给你展示，因为变过去就变不回来了。"

"一次性的呀？"

"对！"

"那有个屁用啊！哎，要不咱俩老挨领导骂呢，你这人心思都不在工作上。"

"行行行，工作工作。说好了啊，下次驾云我来，你等拿了驾照再上路。"

"还下次?这是最后一个任务你不知道啊?刚才这是咱最后一次驾这朵云了,要不我也不会抢着非要驾它。"

井木犴捡起掉落在一旁的一件东西。那是云朵法器,上面写着四个字——云出法随。他叹了口气,将云朵法器扔给张月鹿,转过身道:"那你去天庭还吧。这云跟着咱走南闯北老多年了,我舍不得。"

张月鹿摇摇头,按了一下那件云朵法器,控制那朵祥云下来。可是他操作不当,那朵云直接飘走了,再看时,它已经被夕阳镶上一道金边,变成了一片晚霞。

由于在路上耽误了时间,两人很晚才回到天庭。他们赶紧换好衣服,去找祖师复命。这一趟差事,按人间的时间算,他们俩足足干了五千零四十八天,虽然寿命对于神仙来说不是事,但这次他们确实颇多劳苦。

两人来见祖师。祖师正在修炼,只见云雾,不见其人。

"祖师,井木犴、张月鹿前来复命。"两人在云雾前抱拳,一同说道。

只见云雾稍稍散开一些,隐隐透出祖师的仙影,内中发话:"井木犴。"

"在。"

"张月鹿。"

"在。"

"唐僧到哪儿了？"

张月鹿答："回祖师，按人间时间算，那唐僧前两天到了大雷音寺，现在应该快从大雷音寺出来了。"

"嗯。你二人几年来谋划八十一难，绞尽脑汁，勤勤恳恳，有苦有功，本当嘉奖——"

井木犴着急道："谢……谢祖师。"

张月鹿用手指捅捅他，小声道："人都说了'本当嘉奖'，后面肯定有'但是'，听'但是'。"

"但是，你们在最后一刻居然给我掉链子。我们受那大雷音寺之托完成唐僧师徒五人的九九八十一个苦难，助他五人修道。如今你们可是记得共有几难？"

二人掰着手指头算，口中念念有词："观音院，通天河，流沙河……"

张月鹿一拍大腿："坞安完！"

井木犴也一拍大腿："井木完！哎，你什么意思？"

张月鹿急道："别逗了！一共八十难！差一难！"

"不可能！那可能吗？那个呀，我记得我数来着……等一会儿，力劈华山那次——"

"那是沉香！是唐僧之前的上一个活儿！"

"啧！坞安完。"

井木犴还在感叹，张月鹿已经跪在地上，顺手把井木犴也拽倒了。

张月鹿磕头道:"祖师!我二人知错了,现在他们师徒还未回到大唐,还有补救机会,请让我们弥补过错。"

"速去!"一张祥云续租条子飘出,云雾升腾,祖师隐匿不见。

两个人赶去借祥云,边走边叹气。

井木犴说:"唉,又得加班。"

张月鹿说:"谁让咱们是乙方呢?"

井木犴纳闷儿道:"你给我说说,是哪里漏了?我记得咱当时算得没错啊。"

张月鹿挠头:"你忘了,当时安排牛魔王一家的时候,要是把如意真仙也算上,咱们设计的一共是九难。那个玉面狐狸,咱们本来安排她也要想着尝尝唐僧肉,或者因那牛魔王脚踩两只船不靠谱,让她想着勾引唐僧来气气牛魔王,让他有点儿危机感。哪知道她一心扑在牛魔王这个渣男身上,净想着和铁扇公主'雌竞'了,根本没往唐僧那儿想,直接就让老猪给解决了。她没按剧本来啊,所以这儿少算了一难。"

井木犴点点头:"哦,我想起来了,当时祖师还通知咱们了,让咱们记得在别处补上。哪知道把原先计划的安排好就已经够头大了,结果还真把这事儿忘了。"

"刚才祖师一问我,我就想起来了。"

"怪不得你说'坞安完'。"

两人走着走着就到了天庭的司云监,见一个小仙童正在那儿打盹儿。

"仙童,麻烦你。"张月鹿递上条子。

仙童伸了个懒腰,很不耐烦,一看两人就嗔道:"你俩不是刚还了云吗?"

"这不是还要用嘛,事儿没办完。"

"大白天的打扰人睡觉。等着啊。"小仙童进去了。

井木犴叹了口气,说:"甲方也就罢了,你说咋谁都能对咱大呼小叫呢?"

张月鹿往地上一坐,说:"叫就叫呗。还是想点儿有用的吧。你说,咱这回来个啥呢?"

"我没啥主意,我的才华已经被榨干了。"

"也是,这五千多天,为了这八十一难天天头脑风暴,现在只剩豆腐脑了。咱们要不在过往的经验里找找灵感?哎,我说,这八十难里头你最喜欢哪一难啊?"

井木犴想也没想就说:"当然还是牛魔王。一家人拆成好几难,咱当初也真是太天才了,能想出这么经典的剧本。"

"是,主要还是靠你,那牛魔王和孙悟空是结义兄弟,为了让他俩动手简直想破头了。还好你发现了红孩儿这么一个漏网之鱼,还把牛魔王的小三给曝光了。"

"你也不错,让牛魔王那个弟弟如意真仙把女儿国的落胎泉给占了,这直接在女儿国上又生出一难。"

张月鹿笑了:"咱俩商业互吹得真不赖。"

井木犴十分感慨:"想想真是不容易。哎,你最喜欢哪一难呢?"

张月鹿也没犹豫,说:"喜欢谈不上,我就是对太上老君感到有点儿抱歉,都让咱给掏空了吧?"

井木犴道:"嗯,一君多吃,确实把他老人家折腾得不善。俩童子,下凡了;青牛,下凡了;葫芦,下凡了;瓶子,下凡了;连腰带都下凡了,变成捆仙索了,像话吗?那太上老君那么大岁数了,没人伺候,没有喝水的瓶,连裤腰带都没了,像话吗?但这是祖师的主意,他老人家说就这么干,这用脚想也知道肯定是甲方爸爸的主意啊,回头得给老君好好道歉去。"

张月鹿提醒:"是,不过责任还是得咱们揽,不能怪到甲方爸爸头上。"

井木犴点头,伸手从腰里摸出一条布带,说:"你放心,以老君的道行还不懂这个?见咱们小辈有句话,他就知道咱们尊敬他,这就行了。你不说,我都忘了,他这裤腰带,不,这捆仙索,我抽空得还给他去。"

张月鹿也点点头:"这老君真的是道法通天,我觉得,他身上搓点儿泥下来,都是灵丹妙药。"

井木犴听见"通天"两个字,一拍脑门:"通天……哎,我突然想起来了,这通天河的妖怪被孙悟空除了以后,不是还有一个妖怪吗?"

"你说那个老鼋啊?"

"对啊,能不能直接叫他出来做一难呢?"

张月鹿想了想,说道:"费劲。这通天河水深着呢,以咱俩的功力叫不出来。再说了,他胆小,根本不敢得罪孙悟空,真叫上来了也是个二五仔(叛徒)。"

这时,小仙童把云驾出来了,懒洋洋地把法器往前一递,说:"上次还回来,法器弄得那么脏,沾了那么多人间的污泥,里面都有重金属,害我师父一顿说我。下次要再弄这么脏,你们直接找我师父还吧,你们替我挨骂。"

两人赶紧说拜年的好话,恭恭敬敬接过法器,这次由井木犴驾云,开出了天庭。

两人漫无目的地在天上飘了一会儿,张月鹿说:"你说这菩萨也是,少一难就少一难呗,这么较真儿。"

只听云朵嘟嘟响,井木犴说:"坏了,净想八十一难的事,出天庭的时候没加风,这会儿没风了。"

"啊?那怎么办?"

"先降落吧。刚才随便驾的,也不知道这会儿到哪儿了。"

井木犴缓缓把云降下去,边降边说:"祖师也没给咱们发加风票,就算能报销,也得先咱们自己垫着。"

云头越来越低。下面有一条河,张月鹿眼尖,一眼看到河边立着的一块石碑，他念出了上面三个字："通天河。嘿，怎么说哪儿就到哪儿呢？"

两人果然来到了通天河。

井木犴拍拍石碑，看到边上竟然还有一只木船，说："这也是缘分吧，说不定第八十一难早就注定在此。那啥，测测？"

张月鹿环视四周，用手捏了法印测量四周地形，又拿出图纸对了对。

见他忙活了半天，井木犴问："咋样？"

"问题不大。虽然不算经典吧，但是够他们几个喝一壶的。"

"保准吗？这可是咱最后一次机会了。"

"孙悟空弱水，猪八戒弱智，沙僧弱，完美。"

"那就行，整吧。"

"整！"

张月鹿给观音大士发了条千里法音汇报。观音大士很快回信，说会全力配合。

于是二人说干就干，开始在船底凿窟窿。这活儿实在太无聊了，幸好俩人共事已久，十分默契。井木犴捏了一个法诀，船竖了起来。张月鹿发现没称手的东西，干脆用驾云法器当凿子，在船底动工。

井木犴说："你不怕给它又弄脏了，再受那小仙童一顿'卷'？"

张月鹿瞪眼："说得我来气，他不说那几句我还爱惜着呢。"

井木犴笑了："这活儿说干完也就干完了，年底出来聚聚呀。"

"看情况吧。到时候不一定在哪个部门干事儿呢。"

"也是,拼死拼活干这好几年,你存多少了?"井木犴的法诀捏得有点儿手酸,换了个手,船突然一抖,吓了张月鹿一跳。

"你小心点儿。"张月鹿说,"那啥,还存多少,我垫进去多少了你不知道?"

"我也垫了不少,加风加了那么多回,票我都留着呢,完事儿肯定给报销。还得有奖金呢,毕竟咱俩一线的干得最多,论功行赏嘛。"

"功?你得了吧,我给你擦屁股擦得少吗?"

"不是,你说说清楚。这俩人一起的活儿,咋就你给我擦屁股呢?"

张月鹿停了手,说:"那次五庄观人参果树,是不是你安排给掘了?一万年结果一次,这肯定是重点保护植物呀。"

井木犴也松了法诀,船一下倒在地上,他两手一摊,说:"那你之前安排的四圣试禅心,几个菩萨下凡变成美女,让菩萨穿女装,不也挺扯吗?"

张月鹿叉腰道:"取经路上,我问问禅心,挺合理吧?"

"荒郊野岭突然出现美女、豪宅,上赶着非要全都送给你也太合理了,这几个都是仙人变的,那不成仙人跳了嘛。"

"哈哈哈哈,仙人跳!"张月鹿仰头大笑,突然看到极远的地方有云头在动,他突然反应过来,说,"我看见他们的云了,应该出雷音寺了,快点儿干正事儿吧,不然一会儿他们几个都到了咱还没整完呢。"

两人继续工作。

井木犴重新让船竖起，张月鹿突然说："你之前问我最喜欢哪一难，我一直琢磨来着，想来想去我最喜欢女儿国。女儿国国王戏真好，有好几次我感觉她真心动了。我在帘子后边哭得呀。"

井木犴笑了："真诚是永远的必杀技。"

"唐僧走了以后，我善后安慰了一个月。"

"你去了？"

"我可不行。我托七仙女去的，整整陪了女儿国国王一个月，她才走出来。女人最了解女人。"

井木犴叹息。

两人继续干活儿。

沉默了许久，井木犴说："你说咱这么干没错吧？"

张月鹿犹豫了一下，说："能有啥错，这都是天数命数，助人得道，天大的好事儿。"

井木犴摇了摇头："咱不也得道了吗，不还是没成仙也没成佛？区区两个星君，连个变化都不会。"

张月鹿手上不停："他们的八十一难，也是我们的八十一难，他们成佛，我们成仙。"他退后几步，比了一下洞的尺寸，说，"当初就是这么说的。"

"成仙……"井木犴咂咂嘴，"我听说成仙以后见面就不容易了。九重天哪，谁知道给你安排在哪个犄角旮旯。你说，神仙都没朋友吗?"

"神仙要啥朋友?到哪儿都'咔咔'的,再说,不还有蟠桃会呢嘛,级别够就能见。"

"我就不一定。我跟上面打过报告了,不管去哪个部门,让我驾祥云就行。"

"跟司云监那几个王八蛋还没打够交道吗?之前每次领祥云进出不给红包都不给抬杆,这回他们没当班,一个小仙童在那儿,还把咱一顿数落。"

"我听说他们要换领导了,目前人员还没定,所以最近都是那个小仙童。从头打感情基础呗。没辙,谁让我爱驾云呢。"

"就这点儿出息了你。行了,好了,试试吧。"张月鹿透过船洞往对面看看,然后手一挥,这船看起来又像完好无损的了。

二人坐在船上休息,不一会儿水就会涨上来。

井木犴又问:"你还有啥遗憾吗?"

二人略微沉吟,一起道:"菩提老祖。"

二人又沉默了。

张月鹿用拳砸船,道:"我后来找了。人参果那次,我提前三个月,把九界都翻遍了也没找到在哪儿。"

"他老人家不想让你找着,你怎么能找得着?"

"整整八十一难哪,不对,整整八十难哪。你说,当初对徒弟那么好,咋就不说出来帮一把?"

"这就是你不明白了,他这才是为徒弟好,这段师徒前缘不尽，孙悟空就得不了道。"

"你又知道了？"

"我……我也是听……听老君的童子说老君说的。"

"再说了，得道就那么重要吗？"

"不重要咱俩在这儿干啥呢？"

"咱俩……不知道。"张月鹿往船下一跳，说，"行了，观音大士发来法信了，说是一会儿他们的祥云会出问题，掉到这河边，看见这只船就上船过河。咱俩刚才做的船板到河中心的时候就会漏水，一船人都会掉下河。他们已经成佛了，不能随便在人间施法，只能游上岸去。"

井木犴喷了两声，说："想想之前那些难，现在这游泳都能算一难了。"

"你就别挑了，本来我考虑让他们马拉松回大唐算一难，后来考虑几个佛和菩萨在路上跑步确实难看。"

"一游泳，经书不就湿了？"

"你怎么这会儿蒙住了，八十一难还没齐，能给真经书吗？经书是假的，没字儿……"

"好家伙，这要取回去，对着空空的经书就真的要'悟空'了。"

张月鹿往远处一看，说："低头！来了。"

祥云说到就到，在指定地点直接来了个侧滚翻，师徒几人被结结实实地丢了下来，就掉在通天河水浅的地方。

井木犴和张月鹿躲在石碑后面，见几个人"呜呀""哎呀"，果然摔得很惨，唐僧还被灌了几口水。

猪八戒说："这是什么破云，怎么都成佛了法术反而不灵了，掉到这么个鬼地方。"

孙悟空说："呆子，别抱怨了，想想怎么过河吧。"

猪八戒继续抱怨："我领完经书听小沙弥说，咱这一路的难都是被设计的。我当时就想翻脸。也就是瞧师父的面子才没动手。这取完经怎么还有难啊，不会又是他们弄的吧？这帮孙子。"

两个星君在石头后面对视了一眼，摇头叹气。

孙悟空说："我打听过了，咱这一路都是二十八星宿负责设计的。干活儿的是张月鹿和……井木干。"

张月鹿在石头后面皱眉，嘟囔道："井木犴，安岸犴……"

井木犴赶紧冲他嘘声。

猪八戒说："那咱回朝交旨之后回归神位，要好好找找这俩孙子麻烦，什么神级也敢跟我们造次。"

张、井二人听了不约而同地皱眉，"啧"了一声。

沙僧说话了："师父，我看这里有艘小船，我们上船渡河吧。"

一听这个，张、井二人击掌，相互比了个剪刀手。

就听唐僧说："过了河呢？"

猪八戒答："过了河上山啊，上了山就得进城，进了城就找卖豆腐的王寡妇——"

"闭嘴！"孙悟空骂道，"什么身份你现在？师父，目前这情况，不管是什么原因，恐怕您要坐 11 路，不对，是坐 1111 路回长安。"

白龙马在边上一声嘶鸣。

唐僧着急道："徒儿们，有没有办法再回到云头？想那唐王已经等我多年，为师终成正果，归心似箭，若从此还要一步步走回去，恐怕要耽误大事。"

猪八戒乐了："嘿嘿，师父成佛了，也懒了。"

孙悟空想着现实的问题："师父，这小船有古怪。你看这船板，明显被人做过手脚，这船我们万万是不能上的。"

唐僧问："那怎么办？"

孙悟空想了想，说："我记得通天河底有个老鼋，我先叫他上来载我们一程。"

此话一出，张、井二人从头凉到脚底，这师徒对老鼋有恩，之前他们俩又没有交代，老鼋必会渡他们过河。孙悟空果然是猴中之猴，不需要火眼金睛，只靠着猴精猴精就看破了一切。这老鼋要是被他叫上来，让他们顺利渡河，他们俩这任务就完不成了。甲方拿着合同一翻脸，祖师把山门一关，他们俩辛苦修炼几百年，做下等星君几千年，这下全白费了。

"老鼋！"孙悟空大喊，好在他们不能在人间随便用法术，肉嗓子没多大力量。

"老鼋！"孙悟空又喊。

张月鹿笑了，暗搓搓地说："嘿，此时你就是个凡猴，你喊破喉咙，也不会有人答应你的——不会有龟答应你的。"

哪知这时猪八戒说话了："猴哥，咱们不能用法术，这样，你等着，俺老猪的水性不靠法术，俺下去叫他。"

沙僧也说："是啊，大师兄，我和二师兄一块儿去。"

唐僧说："这水流如此湍急，狂浪卷沙，更不知这水有多深，你们现在就相当于肉体凡胎，就这样去水底，如何使得？"

孙悟空突然说道："师父，咱们所虑不过是经书而已。沙师弟水性奇佳，虽然下河底有危险，但是手托经书高过水面，一点儿一点儿运过去，料也无妨；让八戒背着您游过去；白龙马本来就是龙，过个河不成问题；俺老孙水性虽然不行，但自己游过河还绰绰有余。沙师弟，你有把握吗？"

张月鹿一跺脚："唉，咱们低估了这猴子，怎么没法术了还这么厉害！"

井木犴却笑了，悠悠地说："老哥啊，如果他们顺利过去了，还能再弄出一难不？"

"要是能咱们还凿船干啥？"张月鹿急得直用云朵法器敲头。

"看来必须在这儿成功？"

"必须在这儿成功，但看这样子是必须不能成功了。完，坞安完。"

"未必，嘿嘿，我倒有个办法。"

张月鹿惊喜:"啥办法?"

就见井木犴对张月鹿轻轻一指,说了声:"定。"

言出法随,张月鹿被定住,话也说不了了。

井木犴摸出太上老君的裤腰带,系在张月鹿腰上:"这五千零……零多少天来着,反正这五千多天吧,辛苦你了,但是还得再辛苦你一回,替我把裤腰带还给太上老君。"井木犴微笑看着张月鹿,眼中似有泪花。

张月鹿干张着嘴不能动,井木犴拍了拍他的肩,说:"有机会,还想跟你合作。再会。"

唐僧师徒那边,沙僧有点儿犹豫,让他下河底他肯拼命,但托着经书过河还不能弄湿,他有点儿犯嘀咕。他说:"大师兄,要不还是我下河吧?"

孙悟空急道:"唉,真是磨叽,这老鼋也真是,他就不上来晒晒太阳吗?老鼋——"

就在此时,井木犴在孙悟空看不到的地方纵身跳进波涛滚滚的大河。张月鹿立即明白了他要干什么,他回想起从云头上掉下来时井木犴的那句话:"技多不压身嘛,我最近还新学了一个变化,但不能给你展示,因为变过去就变不回来了。"想到这里,他虽不能动,泪水却夺眶而出。

就在此时,河面突然沸腾,一只巨大的老鼋从水里浮了上来。他从水里露出巨大的鼋头,擤掉鼻子里的水,高声道:"大圣好心急,我这不是来了吗?不对,应该叫你'佛爷',斗战胜佛,哈哈哈哈。"

"你说神仙都没朋友吗?"
"神仙要啥朋友?"
"得道就那么重要吗?"
"不重要咱俩在这儿干啥呢?"
…………
一句句对话如同重锤,敲打在张月鹿心上。

老鼋将师徒几人驮上背,下河之前用尽力气回了一下头。张月鹿似乎看到了他硕大眼睛的一角。而后,老鼋摆动四肢,向河中游去。

图书在版编目（CIP）数据

少爷和我 / 张七改编 . — 北京：北京联合出版公司，2024.3
ISBN 978-7-5596-7436-4

Ⅰ.①少… Ⅱ.①张… Ⅲ.①短篇小说 – 小说集 – 中国 – 当代 Ⅳ.① I247.7

中国国家版本馆 CIP 数据核字（2024）第 019478 号

少爷和我

作　　者：张 七
出 品 人：赵红仕　　　　　　　　出版监制：辛海峰　陈 江
特约监制：岳建雄　陆 乐　　　　产品经理：穆 晨　殷 希　谢佳卿
特约策划：韩建蕊　张婷婷　高一丹　责任编辑：孙志文
特约编辑：丛龙艳　　　　　　　　营销支持：肖 瑶　祁 悦　陈淑霞
特约印制：赵 明　赵 聪　　　　　美术编辑：芳华思源
封面设计：@Recns

北京联合出版公司出版
（北京市西城区德外大街 83 号楼 9 层 100088）
北京联合天畅文化传播公司发行
万卷书坊印刷（天津）有限公司印刷　新华书店经销
字数 179 千字　880 毫米 ×1230 毫米　1/32　8.75 印张
2024 年 3 月第 1 版　2024 年 3 月第 1 次印刷
ISBN 978-7-5596-7436-4
定价：52.00 元

版权所有，侵权必究
未经书面许可，不得以任何方式转载、复制、翻印本书部分或全部内容。
如发现图书质量问题，可联系调换。
质量投诉电话：010-88843286/64258472-800